Un Gran Jefe Malvado

Su pareja

Renee Rose

Lee Savino

Traducido por
Vanesa Venditti

Creado con Vellum

Libro Gratis - La virgin y el vampiro

Quiere un libro gratis de Renee Rose y Lee Savino? Suscríbete a su newsletter para recibir *La virgin y el vampiro* y otro contenido especialmente bonificado y noticias de nuevos. https://BookHip.com/XJPQQXK

Libro Gratis de Renee Rose

Quiere un libro gratis de Renee Rose? Suscríbete a mi newsletter para recibir **Padre de la mafia** y otro contenido especialmente bonificado y noticias de nuevos. https://BookHip.com/NCVKLK

Capítulo uno

M^{*adi*}

adi

Mis pechos se aplastan contra el ventanal de techo a piso de mi oficina en la que estoy sujeta por ciento quince kilos de puro músculo. La mano de Brick está entre mis piernas y tengo la falda subida hasta la cintura. Llevo unas medias altas y sus dedos están por debajo del refuerzo de mis bragas, penetrándome.

—¡Brick! —Jadeo.

—Aún no, —gruñe mi Gran Jefe Malvado en mi oído—. No puede acabar hasta que yo lo haga, Señorita Evans. —Con su mano libre, me golpea el trasero—. He tenido las bolas tensas *todo*, —vuelve a pegarme— *el* —sus dedos se arquean dentro de mí— *día* —muerde mi cuello— pensando en ti.

Si sigue así, acabaré en el próximo empujón.

—No logro... ver cómo eso es mi culpa. —Mi tono no va de la mano con mis palabras. Es ronco y me falta el aliento.

—Atrevida, ya veo. —Los labios de Brick están justo detrás de mi oído. Su aliento cálido roza mi piel como una pluma. Baja mis bragas de un tirón—. Me encargaré de mi

1

necesidad *urgente*, —me permite sentir la parte de su anatomía que quiere presionar contra mí— y luego pensaré en qué tipo de castigo darte para tu reto diario.

Escucho el ruido de sus pantalones y el sonido de su braqueta.

—Ahora abra las piernas, Señorita Evans.

Es un poco difícil con las bragas alrededor de los muslos, así que muevo las caderas para que se caigan alrededor de mis tacones.

No importa. Brick ya está perdiendo el control. Ya no nota si he seguido su orden. Lleva mis caderas hacia atrás para encontrar su empujón y me empala con un único movimiento rápido.

Jadeo. Como siempre, es demasiado fuerte, pero totalmente delicioso. Me encanta lo salvaje que se pone Brick, lo desesperado y dominante que se vuelve hacia el final de cada día. Me encanta saber que necesita estar adentro de mí tanto que no puede esperar a que lleguemos a casa. Que tiene que cerrar con llave la puerta de mi oficina, tirar todo lo que está en mi escritorio y poner la boca entre mis piernas antes de siquiera pensar en conducir hasta nuestro penthouse.

Esta noche no es la excepción. Tuve que quedarme hasta tarde para prepararme para una reunión con nuestra sucursal francesa mañana, así que ahora son las 7:30. No queda nadie en el último piso en donde Eleanor y yo manejamos las cosas.

Lo que es bueno porque si hubiera alguien alrededor, escucharían lo fuerte que me hace gritar Brick cuando está con tantas ganas.

Pone una mano contra el vidrio junto a mi rostro y usa la otra para sostener mis caderas en el lugar mientras golpea contra mí.

—Dije, *abra las piernas*, Señorita Evans.

Supongo que sí se dio cuenta.

Me paro con las piernas más separadas, lo que hace que mi pelvis se incline más hacia atrás. El miembro de Brick se hunde más y su parte base está contra mi punto G.

—¡Brick! —Jadeo.

—No me digas *Brick*, Madison Evans. Sé que quieres acabar. ¿Pero qué te dije?

—Tengo que... esperar, —jadeo. Ya estoy perdiendo la habilidad de formar oraciones.

—Así es. —Golpea más fuerte dentro de mí.

—Oh Dios, —gimo.

—Tómalo, pequeña humana.

—No... no puedo, —lloro. Por supuesto que *puedo*. Lo *estoy* haciendo. Y está tan bueno. Pero me estoy desesperando por acabar.

—Si soy muy rudo contigo es porque mi lobo quiere algo de ti.

Mi cerebro realmente no comprende. No tengo ni idea de qué habla Brick.

Pero quizás sea Brick el que no es claro porque sus empujones se vuelven más fuertes. Pierde el ritmo y la respiración.

La mano que sostiene mis caderas en su lugar se mueve hacia el frente.

Sé lo que viene, los temblores empiezan en mis piernas. El placer florece en mi centro.

—¿Sabes qué quiere él, Madison? —Los dedos de Brick están justo por encima de mi clítoris. Lo toca una vez—. Él quiere... —Brick pierde la concentración, inhala hondo y contiene la respiración—. Ahora, —me ordena, hundiéndose tan profundo mientras acaba. Finalmente toca mi clítoris y grito, mi orgasmo es total y poderoso. Mis músculos internos llevan el miembro de Brick más profundo.

Él sigue frotando mi clítoris y me hace temblar una y otra vez, hace que mi orgasmo dure más de lo que pensé era humanamente posible.

Cuando termina, ni siquiera puedo estar de pie. Descanso en los brazos de Brick y él me levanta para llevarme al escritorio, donde se sienta en mi silla conmigo en su regazo.

—Quiere cachorros, Madi. Mi lobo quiere cachorros.

* * *

Brick

La mirada confundida de Mira se concentra en mi rostro.

—*¿Qué?*

Mierda. No quise hablar de los cachorros. Ya habíamos hablado sobre eso. Acaba de comenzar un trabajo nuevo dirigiendo la empresa de cosméticos más grande del mundo. La que probablemente herede. No está lista para empezar una familia.

Niego con la cabeza.

—Sólo es sexo, Ventanas. No lo dije en serio.

Ella se sorprende.

—¿Pero es verdad? ¿Tu lobo quiere reproducirse conmigo?

Me froto el rostro con la mano.

—No sé si lo diría de *esa* forma.

—Tu lobo siempre parece exigirme nuevas cosas, ¿no? Por favor dime que no te volverás lunático si no me embarazo en los próximos seis meses.

Sonrío.

—No me volveré lunático. Pero la copulación frecuente será una necesidad. Ya te lo advertí.

Sus párpados se cierran y ella se acomoda en mi cuello.

—No hay quejas sobre eso, Gran jefe.

Tomo su mentó y reclamo su boca, asegurándome de que la he besado bien antes de pararme con ella todavía en mis brazos.

—Vamos. No te alimenté esta noche y eso hace que mi lobo está gruñón. Necesito que estés desnuda y en mi cama.

—*Nuestra* cama.

Me detengo y la miro a los ojos.

—*Nuestra* cama. ¿Sabes que todo lo mío es tuyo, no?

Contra los consejos legales de Eagle, agregué a Madi a todas las cuentas y creé un nuevo testamento que la hace mi heredera junto con mi sobrina y sobrino. Si algo me pasara, tengo que estar seguro de que Auggie pueda encargarse de la empresa y de la manada cuando tenga la edad.

La mirada de Madison es suave.

—Lo sé.

Comienzo a llevarla hacia la puerta, pero ella señala sus bragas en el suelo. Me detengo a recogerlas sin dejar ir a mi premio.

—Podrías deshacerte de todos los muebles, del arte y de todo lo que tengo en el pent-house y llenarlo de cosas nuevas que elijas si eso quisieras. O de cosas que elijamos juntos. De hecho, hagamos eso. Quiero que sientas que es tu casa. Sé que te fuiste de Brooklyn por mí.

—Sólo te molesto, Brick. Sé que quieres que sienta que es mi casa. Todavía estoy acomodándome, pero ya está funcionando.

—Bueno, saquemos mis cosas. Lo lograrás antes.

—No hay razón para mudar todos tus muebles perfectos

del pent-house. —Madi patea con sus tacones sensuales para enfatizar sus palabras.

La llevo al ascensor.

—Lo que más me preocupa lograr es el ajuste con mi familia, —dice Madi.

Una vez más, me detengo. Mi lobo necesita resolver alguno de los problemas que menciona. Algún bloqueo de nuestro tiempo juntos. Lo que sea que moleste a mi pareja debe ser arreglado.

—Tu mamá no confía en mí, —adivino.

Madison se encoje de hombros.

—Sigo intentando mostrarle lo diferente que eres de mi donante de esperma, pero creo que aceptar este trabajo al mismo tiempo que me mudé contigo ha hecho que asocie toda mi nueva vida con los Harringtons.

—¿Qué hay de Brayden?

Ella se estira sobre mis brazos para tocar el botón del ascensor.

—Es un tipo de dieciocho años. No tiene mucha opinión sobre mi vida amorosa.

—¿Le gustaría un coche? —Entro al ascensor y toco el botón del estacionamiento. Madi tiene un lugar reservado para mí en el subsuelo.

—No, Brick. —Madi suena exasperada. Sigo aprendiendo que el dinero no soluciona todo en lo que respeta a su familia. De hecho, tiende a exacerbar problemas—. Ni siquiera sabe conducir. Ya le compraste un edificio entero cerca de NYU para que pudiera caminar desde la universidad.

—¿No sabe conducir? —Recojo ese dato—. Le enseñaré.

Madi se relaja en mis brazos.

—Eso sería... realmente genial. Nunca tuvo una figura

paterna. No digo que seas lo suficientemente grande como para ser su padre.

—Pero lo soy. —La acomodo en mis brazos para que esté sentada sobre mi cadera y la presiono contra la pared del ascensor. Necesito estar dentro de ella. *Otra vez.*

Es ridículo lo mucho que necesito a mi pareja.

—Lo llevaré a Berkshires donde puede practicar en caminos de tierra.

—Eso sería divertido.

—Espera. —Presiono la cadera contra ella—. ¿Tú sabes conducir?

—Nop.

—Les enseñaré a ambos. También a Aubrey si quiere.

Algo de luz desaparece del rostro de Madi.

—No sé si querría.

Hay una leve sensación de derrota en Madi que no me gusta. El ascensor se abre en la planta baja y la llevo al Jag.

—¿Me odia?

—No. —Madi no es muy convincente—. O sea, no le caes bien. Pero no creo que sea eso. Creo que... nos extrañamos.

Frunzo el ceño. Estoy realmente fuera de mi territorio aquí. Las relaciones entre mujeres me sobrepasan. Las relaciones entre mujeres *humanas* aún más. Luego me doy cuenta.

—Estoy monopolizando todo tu tiempo libre.

—No es sólo eso. —La derrota está otra vez presente en su voz.

—¿Qué sucede? —Sin ganas de hacerlo, dejo que mi pareja se baje y le abro la puerta del copiloto.

Ella suspira y entra al coche. Cuando entro del lado del conductor, ella dice,

—Nos estamos distanciando. Ella cree que he cambiado.

Que supongo que es así con lo de Luna y todo. Pero no le puedo contar eso. No puedo contarle nada y eso significa que ya no tenemos mucho de qué hablar. Ahora soy una rica directora de operaciones de Torrent Cosmetics que vive con su novio billonario. Soy el tipo de persona por las que organiza protestas. Estoy segura de que piensa que ya ni me conoce. Detesto eso.

Detesto que ella lo odie.

El lobo en mí quiere arrancarle la garganta a alguien. El jefe quiere despedir a alguien. El billonario quiere arrojar dinero hacia el problema para que desaparezca. Por supuesto, ninguna de esas acciones sería de ayuda.

Me suena el teléfono, pero lo ignoro mientras conduzco hacia la calle.

—Entonces supongo que invitarla a Berkshires no sería de ayuda.

—En realidad no. Es como mi mamá. Sospecha mucho de la riqueza.

—Envíale un mensaje y ve si quiere juntarse contigo mañana a la noche.

Madi me mira.

—Cómo, ¿en nuestro departamento?

Me vuelve a sonar el teléfono. Lo ignoro.

—En el suyo. Pueden mirar una película de los ochenta o lo que sea que hicieran juntas.

Ella saca su teléfono, pero antes de poder enviar un mensaje, se enciende con una llamada. Sus cejas se levantan con sorpresa.

—Es Billy. Debe ser quien te estaba llamando.

Toca el botón del parlante cuando atiende.

—¿Billy? ¿Qué sucede?

—¿Está Brick allí? —No me gusta la tensión en su voz.

—¿Qué sucede? —gruño.

—Tenemos un problema.

Capítulo dos

M *adi*

—Ahí está el problema. —Billy camina frente a nosotros. Estamos todos reunidos en un salón privado en la fila de casas de billonarios en nuestra residencia de la ciudad. El clima está tenso y se refleja en los rostros de los chicos—. El rey de Manhattan se comunicó. Quiere verte.

—¿Para qué? —Gruñe Brick. Está a mi lado, tenso y de pie.

—Cuando te estabas enfrentando con los que te desafiaban en Blue Moon, me dijiste que cuidara a tu pareja, —dice Billy—. Sabía que era posible que tuviéramos que huir y que necesitaría amigos con poder. Así que lo llamé para pedirle un favor.

Todos los que están en la habitación se quejan.

—Ni siquiera fue necesaria su ayuda, —protesta Billy.

—No importa. Te hará pagar sólo por haberlo llamado, —dice Nickel.

—Esperen, chicos —digo. La reunión me recuerda a mis días de asistente cuando disparaban preguntas y respuestas

11

en la mesa de conferencias a la velocidad de la luz. Entonces los seguía bien en silencio, pero ahora tengo una voz en la mesa y la usaré—. Vayan más lento. Necesito que me expliquen qué está pasando. Comiencen por... ¿quién es el rey de Manhattan?

—Sí. Thaddeus, el rey vampiro.

—¿Los vampiros son reales? —digo. Brick se pone tenso a mi lado y hay un gruñido grave en su pecho. Su lobo está molesto—. No importa. Por supuesto que lo son.

—Los vampiros son territoriales. Se matan entre ellos muy seguido. Los más poderosos reclaman diferentes zonas en las que gobiernan y matan a cualquier otro vampiro que ingrese, —explica Nickel.

—Malditas sanguijuelas y su política, —murmura Brick. Sanguijuelas. Ja, lo entiendo.

—Thaddeus reclamó Manhattan hace un par de siglos, —dice Eagle—. Justo cuando nuestros ancestros estaban llegando en botes. Ha conservado el territorio contra todos sus rivales todo este tiempo. Es una de las sanguijuelas más poderosas que existen. Puedo pensar en sólo algunas más viejas y fuertes que él.

—Está Lucius en el Oeste, —murmura Nickel—. Él tiene más territorio. Vegas, la mayor parte de California.

—Ahora está viviendo en Arizona. Pero sigue teniendo California, —dice Eagle.

—Quizás podríamos llamarlo y preguntarle si también le gustaría tener Nueva York, —dice Jake—. Hacer que se enfrentaran.

—¿Y deberle un favor a otra sanguijuela? No. Cuando Thaddeus se contactó, ¿qué dijo? —Pregunta Brick. Pasa una mano reconfortante por mi espalda. No soy quien necesita calmarse, es él. Y no estoy completamente segura de por qué. ¿Por qué le molestan tanto los vampiros?

—Te invitó a una audiencia oficial, —dice Billy.

—No hay chance de que lleve a mi pareja a ese club, —gruñe Brick.

—Espera, ¿por qué? ¿Sólo quiere que lo visitemos? —digo—. Eso no suena tan importante. O sea, suena formal y tedioso, algo como de la época inglesa de Regencia, pero este tipo se hace llamar rey.

—No, —dice Brick entre dientes—. De ninguna forma.

—Sus ojos brillan y también los de todos los demás. Sus lobos están cerca de la superficie. Mi corazón se acelera cuando mi cuerpo reacciona a estar en una habitación llena de depredadores. Me obligo a respirar hondo. Quiero seguir calmada.

—Quizás podamos matarlo, —murmura Vance.

—No, lo necesitamos, —dice Eagle, y la habitación explota en peleas.

—¿Por qué? —Le pregunto.

—Mejor malo conocido...

—Están todos locos. Al menos Thaddeus está loco de una forma que entendemos.

—Tenemos que permanecer en buenos términos con él.

Brick se queda callado, mirando mal hacia la nada. Está alejado, en un lugar que no entiendo.

No me gusta. Se supone que seamos un equipo.

Ya me cansé de esto.

—¡Oigan! —Grito por encima de la cacofonía de voces —. Silbato. Ni siquiera tengo que sacar mi arma del bolsillo. Todos se estremecen y se callan.

—Díganme cuál es el gran problema. ¿Por qué no podemos simplemente ir a reunirnos con él y terminar con esto?

—Más allá del hecho de que no nos doblegamos ante una sanguijuela. Ni siquiera un rey, —dice Billy.

13

—Podemos hacer que luzca como una reunión amistosa. Sólo evitaremos invitarlo a cenar y beber algo, —bromeo pero nadie se ríe.

—No es tan simple, —dice Nickel. —Thaddeus es excéntrico...

—Todos los vampiros son excéntricos, —acota Vance.

—Él es excéntrico hasta para ser un vampiro, —se corrige Nickel—. Entre más poderosos son... más extraños se vuelven...

Hay algo que no me están diciendo. Si alguna vez quiero desviar la conversación de estos tipos, mencionaré a los vampiros. Esta conversación es como llevar a una manada de gatos.

Volteo para ver a Brick.

—Háblame.

—Es dueño del club, —dice Brick.

—¿Como un club nocturno?

—No ese tipo de club, —dice Billy—. Se llama Crepúsculo.

—¿En serio? Debe ser broma. —Sus rostros sombríos me dicen que no lo es—. ¿Como los libros?

—¿Qué libros? —Todos me miran con rostros inexpresivos.

—Chicos realmente tienen que empezar a entender la cultura popular, —suspiro—. Continuemos. Entonces vamos y conocemos a este rey y terminamos con esto. ¿Cuál es el gran problema?

—No quiere sólo una reunión, —dice Nickel—. No se refiere a eso con «audiencia». Quiere que proveas, —Nickel se aclara la garganta— *entretenimiento* para todo el club.

—¿Como un karaoke? —Digo seria.

Vance y Jake se ríen ante esto, pero Brick luce más serio que nunca.

—No. No es sólo una discoteca. Es un club **BDSM**. El rey quiere que hagamos una escena en público.

* * *

Brick

—Todavía no lo entiendo, —dice Madi. Estamos solos en nuestro pent-house y ella está acurrucada en el sofá—. Este vampiro dice que le debes un favor, aunque en realidad no es así, y entonces tenemos que visitar un club sexual y... ¿actuar algún tipo de farsa BDSM?

—Quiere mostrar poder. Nos está haciendo bailar para él. —Camino de un lado a otro frente a las ventanas. Mi lobo está demasiado nervioso para sentarme y relajarme—. No me gusta.

Ella toma su bolígrafo digital y lo presiona sobre su tableta, como si estuviera tomando notas.

—Bueno, ¿qué se necesita para matar a un vampiro?

—No me tientas, —digo mientras mi lobo se levanta emocionado. Le encantaría cazar a Thaddeus y hacerlo pagar por siquiera intentar jugar con nosotros y con mi pareja—. Nickel y Eagle tienen razón. Por molesto que sea esto, lidiar con el reemplazo Thaddeus sería igual de molesto. Otro vampiro poderoso podría ser más hostil con los lobos. O peor, muchos vampiros llegarían al área y lucharían entre sí por los territorios. Thaddeus es bastante fuerte. Dudo que cualquier otro vampiro solo pudiera controlar Manhattan. Dividirían la ciudad en feudos y áreas de alimentación más pequeñas.

—¿Se alimentan... de humanos?

—Sí. Y otro gran grupo de vampiros, cazando humanos sin un rey que haga cumplir normas estrictas... sería una locura de comida. Sucedió en Londres a finales del 1800.

15

Fue un caos total hasta que un rey vampiro tomó el poder y obligó a sus súbditos a limpiar sus restos. Por limpiar me refiero a borrarles la mente o los recuerdos a las personas. Incluso así, hubo muchas muertes sin explicación y el rey vampiro tipo que darle información falsa a la prensa para que los humanos pensaran que algunas de las muertes eran obra de un asesino serial.

—Oh por dios. —Deja caer el bolígrafo pero parece no notarlo—. ¿Estás diciendo que algunos asesinos en serie eran en realidad vampiros?

—Sí. —Me dirijo al sofá y me agacho para recoger el bolígrafo. El movimiento deja nuestras cabezas al mismo nivel así que me quedo allí, invadiendo su espacio.

—Bueno. Eso no sería bueno. —Ella se muerde el labio y me distraigo por un momento, imagino hacer lo mismo—. Entonces será mejor que juguemos políticamente con este tipo Thaddeus. Lo dejemos tranquilo.

Ella tiene razón. Pero no tiene que gustarme.

—Existe todo este otro mundo que los humanos desconocemos. —Ella frunce la nariz. No huele asustada. Sólo curiosa. Por supuesto, pensar en estos detalles es en lo que se destaca—. ¿Qué involucraría una escena para un rey vampiro?

Hay un rugido grave en mi pecho. No quiero hablar acerca de sanguijuelas y sus clubes sexuales.

—Eso lo decidiríamos nosotros. Pero será mejor que no nos equivoquemos. Entre más se entretenga, más contento estará. De otro modo no concederá que se cumplió con el favor.

—¿Y entonces qué?

—Puede pedir algo más. Como beber de ti.

Ella se estremece y me levanto como para defenderla de algún monstruo que aceche en las sombras.

—No lo permitiría. Antes de que eso pase, lo dejaría beber de mí.

—Yo tampoco permitiré eso. —Ella me empuja hacia abajo para que me siente y pone los brazos alrededor de mi cuello—. Nadie más que yo te muerde.

—¿Supongo que la mordida tiene alguna connotación sexual?

Asiento. Todo lo que involucre vampiros me enferma.

Sus pedos bailan sobre mi barba y rozan mis labios. Normalmente los mordería, jugando, pero sigo preocupado.

—¿Qué sucede? —murmura.

—Te puse en peligro. Otra vez.

—Yo elegí esto. Te elegí a ti. Y podemos lograr lo que sea, ¿recuerdas? Podemos vencer lo más improbable. Mientras lo hagamos juntos. —Ella pasa una mano por mi cabello y yo presiono la cabeza contra su palma. Nunca pensé que me gustaría que me acaricien, y no me gusta a menos que sea ella—. Puede que no sepa sobre políticas paranormales, pero sí sé lo que es moverme entre tipos con egos importantes. Y otras cosas... grandes. Ella me dedica una mirada traviesa.

Ahora sí me siento a gusto. Ella separa las piernas y me llega un poco de su aroma. Me saca del tema y estoy dispuesto, pero ella sigue analizando las cosas.

—Llamó a su club Crepúsculo. Como las películas. Apuesto a que esa es una pista en todo esto.

—No intentes entender a un vampiro.

—Visitar un club sexual podría ser divertido. O sea... Jugamos de forma pervertida todo el tiempo. —Ella levanta una pierna y la frota contra la mía—. Con Aubrey una vez hicimos una lista de fetiches. Puede que la tenga por algún lado.

—Suena bien. —Bajo la cabeza para acomodarme contra su pecho y ella me detiene.

—Una cosa más. Puede que sea una buena idea contratar a un asesor de medios que trabaje con tu imagen. Los vampiros tienen mucha mejor representación en los medios que los hombres lobo. Sólo digo.

—Malditas sanguijuelas, —murmuro y ella se ríe y me da un beso.

Capítulo tres

M*adi*

Las mañanas en la oficina son uno de mis momentos preferidos. Todavía tengo la emoción de ser parte de una gran empresa, sólo que ahora estoy a cargo.

Entre aprender cómo dirigir el imperio de mi abuela y aprender mi rol como luna de la manada, mis días y noches están más que ocupadas.

Le envié un mensaje de texto a Aubrey para juntarnos esta noche, pero dijo que está tapada de trabajos para la universidad. Supongo que es verdad, pero igual me decepciona.

Cuando estábamos ocupadas antes, nos veíamos en compartir como compañeras de piso. Y antes de eso, como compañeras de edificio. Ahora simplemente la extraño. No es que pueda hablarle de lo que sucede en mi vida en realidad, que se vuelve más extraña cada día. Me darán un doctorado en políticas de la manada con una especialización en cultura paranormal.

Y además está este nuevo curso intensivo sobre vampiros. Desearía poder llamar a Aubrey y contárselo, que me diera su perspectiva. Contarle a un humano acerca de todo esto sería una traición que pondría en peligro a mi pareja y a todos en su vida, pero igual me tienta.

—Toc, toc, —canta una voz alegre. Ruby entra a mi oficina y luce elegante con un vestido de blazer rojo. Cierro la portátil y salgo de atrás del escritorio para darle un beso en el aire.

Adaptarse al mundo de Brick ha sido desafiante, pero tengo un arma secreta. La que pronto será mi cuñada es tan minuciosa acerca de la vida transformista como irreverente. Su mamá, Catherine, ha sido una gran consejera, pero como Ruby es más cercana a Brick y a mi edad, es más como una amiga.

Igual extraño a Aubrey.

—¿Tienes hambre? —Le pregunto. —Creo que Emerson nos compró ensaladas con bife. La tuya tiene carne extra.

—Excelente. —Ella me deja guiarla a una sala de conferencias en donde nos espera la comida—. Me encanta hacer esto regularmente. Con Scarlett en el colegio, extraño tener tiempo de hermanas.

La emoción me recorre.

—Siempre quise una hermana.

—Ten cuidado con lo que deseas. —Apila el bife en una baguette que vino con nuestras ensaladas para crear un sándwich gigante—. Una vez que cruzas un límite, es difícil regresar.

Scarlett y yo tenemos el mismo talle de calzado y la cantidad de veces que he buscado en mi armario por un par de Manolo Blahnik sólo para encontrarla usándolos... pero, por supuesto, le hago lo mismo a ella.

—Creo que puedo soportarlo. Ahora tengo más ropa de la que sé usar.

—Siempre puedes tener más, —habla con la boca llena y sostiene una mano frente a su rostro. Desestimo su preocupación y la dejo comer. El apetito de un transformista no es broma. Sus lobos hacen que su metabolismo se acelere alocadamente.

Espero hasta que haya terminado un sándwich para preguntar,

—¿Qué puedes contarme acerca de los vampiros?

Ella se ríe.

—¿Esto se trata sobre Thaddeus, verdad?

—Sí, —me levanto para revisar la puerta y asegurarme de que esté cerrada—. Thaddeus, el rey vampiro de Manhattan.

—Es tan pomposo. —Ella pone los ojos en blanco—. ¿Te comerás eso? —Señala mi baguette y yo se la paso.

—Pareces mucho más relajada hablando de vampiros que los otros.

—Thaddeus es mucho más encantador con las lobas que con los lobos.

—Espera, ¿lo has conocido?

—¿Puedes guardar un secreto? —ella baja la voz de forma juguetona—. Me escapé y visité Crepúsculo una vez antes de estar en pareja.

—Así que has ido a su club.

—Es algo que los transformistas nos desafiamos a hacer, como los adolescentes parados en las vías cuando viene un tren. Estúpido. Una emoción.

—¿Cómo fue?

—Oscuro. Mucho terciopelo rojo y cuero negro. Jaulas que colgaban con bailarines. Habitaciones privadas en el fondo para... jugar.

—Hay algo que no entiendo. ¿Por qué un vampiro tiene su propio club sexual?

—Es algo de vampiros. Por lo que sé, beber sangre es increíblemente erótico, sobre todo para la víctima. —Ella mueve las cejas—. Y a algunos vampiros les gusta jugar con parejas sumisas, especialmente a los masoquistas. Se dice que el dolor libera endorfinas y hace que la sangre sea más dulce.

Entrecierro los ojos.

—¿Por los neuroquímicos en la sangre?

—Exacto.

Estoy empezando a entender por qué lidiar con un vampiro es tan complicado. Hay un aire de misterio, una atracción fatal.

—¿Alguna vez... dejaste que te mordiera?

—No, —ella arruga la nariz y hago una nota mental: coquetear con el peligro es divertido, pero el intercambio real de poder no es atractivo—. Ah, coqueteamos por una noche. Él sabía quién era yo, de inmediato, pero fue un completo caballero. Me dio un sitio privilegiado y un espectáculo él mismo.

—¿Qué hizo?

—Le pegó con un látigo a una sumisa hasta que llegó al orgasmo. Mientras otra se la chupaba. —Ella lo dice tan fáctica que casi me ahogo con mi agua con gas—. Fue ardiente. —Abre el postre, un brownie de chocolate amargo con nueces macadamia, y se lo devora de un bocado.

Le paso otro brownie. Hice mi asistente pidiera extra.

—Parece que Brick y yo deberíamos ser el espectáculo cuando vayamos.

Ella se limpia los restos de los dedos y luce seria.

—Me enteré. Puede que te liberes con sólo mostrarte un poquito. Hacer un espectáculo.

—Un espectáculo.

—No quiero saber los detalles, —mueve una mano—.

Me encanta hablar sobre lo sensual, pero no cuando involucra a mi hermano.

—Lo entiendo. —Sonrío para esconder el dolor de la nostalgia. Podría hablar con Aubrey de mi vida sexual. Prácticamente era un requisito. Pero no cuando los reyes vampiros y el destino de la ciudad están involucrados.

—Diré esto, —dice Ruby—. A los vampiros les importa mucho la ceremonia. Lo pomposo y circunstancial. Son tan poderosos y viejos que lo han visto todo. Están aburridos. Anhelan algo nuevo.

—Lo entiendo. —Mi cabeza da vueltas intentando resolver el problema—. Esta perspectiva ayuda mucho, gracias.

—Estoy segura de que estarás bien. Si las cosas se ponen feas, Brick sólo le arrancará la cabeza a Thaddeus.

—Estamos intentando evitarlo, —digo de forma seca.

Ella se encoge de hombros, no perturbada por las amenazas de violencia y la guerra entre vampiros y transformistas. Igual que un lobo: primero degollar, después preguntar.

—Haré que el resto de la planificación para la ceremonia de apareamiento sea un paseo por el parte. Hablando de eso... —Ella busca una carpeta en el bolso—. Tengo la lista de invitados para la ceremonia de apareamiento, eh, la *fiesta de compromiso*, en Berkshires.

Parece que las familias de clase alta del mundo transformista suelen tener una ceremonia de apareamiento después de la pareja la reclame. Catherine ha estado llamando a la nuestra una fiesta de compromiso como un guiño a la tradición humana, pero hasta ahora, nada más parece similar a esta.

Reviso la lista. Son todas cabezas de familias transformistas de alto rango, mayormente dentro de la manada. Hay un par de otros transformistas como Darius Medevev, un oso transformista amigo de Brick.

Pero un par de nombres están obviamente faltando.

—¿Qué hay de mi familia?

Ella duda.

—Pensé que sería sólo de transformistas. Hay algunas tradiciones ceremoniales de apareamiento que tenemos que no tendrían mucho sentido para los humanos...

—¿Ahora a quién le importa mucho la ceremonia? —Le paso la carpeta—. Quiero a mi familia allí. Y a un par de amigos.

—Pero...

—Soy humana y me uniré a la manada. Esta puede aprender cómo lidiar con humanos de vez en cuando. Considéralo práctica para el casamiento.

—Entendido, Luna, —ella inclina la cabeza con una gran sonrisa en el rostro.

Llaman a la puerta y mi asistente dice,

—Entrega para usted, Señorita Evans.

Me levanto y abro la puerta.

—Gracias, Emerson.

—Llegó su reunión de la una. —Ella me pasa una caja negra hermosa atada con un moño rojo.

—Estaré allí en un momento. —Volteo para ver que Ruby ya ha limpiado el almuerzo. Ella mira la caja—. Eso luce como si fuera de Brick.

Lo reviso.

—No dice. —Deshago el moño y Ruby se levanta de golpe.

—¿Sabes qué? Me iré. No quiero ver qué te envía mi hermano.

Sonrío.

—¿Estás segura? Puedo contarte lo que estamos planeando para el espectáculo...

—Nop. —Ella sale cubriéndose los oídos y cantando—. Lalala...

Me rio y vuelvo a la caja. Se siente más apropiado abrirla en privado. La caja es pesada y huele como el cielo. A perfume caro que es limpio pero floral.

Entre el papel tisú hay un conjunto de lencería, un sostén y un portaligas. Medias. No hay bragas.

Me espera mi cita de la una, pero me tomo un momento para escribirle a Brick.

—¿Esta es tu forma de decirme que practicaremos para nuestra escena?

Su respuesta es instantánea. Debe haber estado esperando mi mensaje.

—Esta noche. Tengo una reunión ejecutiva, pero estaré en casa a las ocho. Espérame en nuestra habitación. Desnuda excepto por los tacones y los contenidos de la caja.

Aprieto los muslos. Se me da vuelta el estómago, como si estuviera en una montaña rusa y el juego hubiera empezado con una larga subida lenta antes de caer súbitamente.

Le respondo,

—Sí, señor.

Aquí vamos...

* * *

Brick

Este día no termina nunca.

Sully se mete a mi oficina justo cuando estoy terminando las cosas.

—El rey vampiro envió correspondencia.

—¿Correspondencia?

Mueve un sobre cincelado. Puedo sentir el mal olor, frío, metálico, a vampiro desde aquí.

—La fecha está fijada.

Rechino los dientes. A los vampiros les encantan los juegos.

Un alfa poderoso como yo no debería dejar que un vampiro juegue con nosotros, sobre todo no en una escena pública. Pero Thaddeus es un aliado importante. Llevar a una pareja recién reclamada a actuar en este club es una tradición vieja de Nueva York dentro del público paranormal. Negarse a sus exigencias tras pedir un favor sería de mala educación.

Pero si no hubiera sentido el aroma de la excitación de Madison cuando escuchó el pedido de la sanguijuela, hubiera rechazado al rey vampiro y al carajo con las consecuencias. Pero Madi estaba excitada. Nunca ha ido a un club BDSM. Nunca experimentó el tipo de juego sexual formal o ceremonial que se practica en esos lugares.

Sospecho fuertemente que el clima y nuestra escena allí cumplirán con muchas fantasías de mi pareja amante de la dominancia. Es probable que sean muchas que ni siquiera ella sabía que tenía. Sé cómo mi autoridad la hace mojarse.

Lo que mi pareja quiere, lo tiene.

La idea de mostrarle ese mundo, ser su guía en lo demoníaco, me excita. Parte de mí no puede esperar a ser su amo en un club BDSM. Otra parte teme que perderé el control de mi lobo y destrozaré a otro hombre por mirarla.

Pero ella estará bajo mi control todo el tiempo. Nadie más la tocará. Y podría vendarle los ojos si no quiero que mire a otros hombres. Hmm. Lo que realmente podría calmar a mi lobo sería ponerle collar y correa.

Cuando llego a nuestro edificio, ignoro el ascensor y subo por las escaleras. Las subo de a dos a la vez. Maldito rey vampiro por causar esto, ¿pero esta noche? Esta noche se trata totalmente de nosotros. Sobre las sensaciones y la conexión que tenemos.

Su aroma me provoca ni bien paso a la entrada del penthouse. Mi miembro choca contra la cremallera mientras lo sigo, cazándola como una presa. Pongo la llave en la habitación y entro. La encuentro en nuestra habitación. Siguió mis órdenes, como sabía que lo haría. Mi pareja siempre lo hace bien.

Está en las sombras, atenta, con las piernas abiertas y las manos en la cabeza.

Es perfecta.

—Buena chica, —ronroneo.

—¿Lo soy? —Su voz es seductora.

* * *

Madi

Brick merodea por la habitación.

—Sí, lo eres.

Mis gemelos se sienten duros por la espera. Estoy acostumbrada a los tacones incómodos, ¿pero pararme quita por minutos? ¿Cómo lo hacen las modelos?

Pero ahora, con él aquí, la espera valió la pena. Su presencia llena el lugar con su aroma a madera y algo más, su dominancia. Es envolvente, tapa mis sentidos. Los músculos duros de mi espalda y cuello se relajan. Tras un largo día de oficina, dando órdenes, es lindo que alguien más tome el control. Finalmente puedo apagar mi cerebro y hundirme en él.

Mientras pasa caminando a mi lado, puedo sentir que me analiza. Mantengo la mirada firme y lo observo fijamente.

—Esta noche es una prueba. Un ensayo de nuestra escena.

Me late el corazón al ritmo de sus pasos.

—Obedecerás todas mis órdenes. De inmediato y sin hacer preguntas.

¡Sí!

—Cuando estemos en Crespúsculo, las luces estarán sobre nosotros. Querrán ver pruebas de mi dominancia.

—Lo entiendo, —digo sin aliento.

Él lleva mi cabeza hacia atrás con un puño en mi cabello.

—No creo que lo entiendas. Todos estarán mirando.

La perfeccionista en mí está emocionada. Me luzco bajo presión y parte de mí quiere alardear. Daré lo mejor de mí y todos sabrán lo perfecta que soy.

—Querrán saber quién tiene el control. Y sabes cuál es la respuesta a eso, ¿no?

—Sí, señor.

Se detiene y el calor me recorre, me hace contener la respiración.

—¿Quién es tu dueño, Madi?

—Usted, señor. —Mi voz suena ahogada con la excitación. Podría desmayarme.

—De rodillas. —Brick arroja un almohadón sobre el suelo para mis rodillas y me ofrece la mano para que la tome mientras bajo. Es un alivio no estar sobre los tacones y la almohada hace que arrodillarse sea fácil. Él da un espectáculo desabrochando su cinturón y sacándolo de los agujeros. Lo dobla y golpea el cuero contra la palma de su mano haciendo ruido de azote.

Me sobresalto un poco. Ahora estoy temblando, una mezcla de emoción con algo de nervios.

—Saca mi miembro, —me ordena.

Me apresuro a desabrochar el botón y bajar la cremallera de sus pantalones caros. Su pene está duro, atrapado en la tela de sus bóxeres y pantalones y salta cuando bajo lo suficiente su ropa interior como para liberarlo.

Busco su erección, luego me detengo y espero órdenes. Lo miro.

—¿Puedo?

—Sostenlo, Madi, bien fuerte hacia abajo por la base, eso es, —gruñe con aprobación cuando cierro el puño a su alrededor—. Llévalo a tu boca.

A la complaciente en mí le gustan las instrucciones específicas. No hay necesidad de preguntarme si lo estoy haciendo cómo le gusta o no. Él me dice qué hacer y yo lo hago.

Abro los labios, me inclino hacia adelante con la larga columna derecha y los dedos de los pies metidos bajo el trasero para empujarme a la altura adecuada. Comienzo lento, lamiendo toda la cabeza con pequeños golpecitos de mi lengua.

El miembro de Brick se vuelve más duro, más que el acero.

—Abre las piernas para que pueda oler mejor esa dulce excitación. —Su voz es gutural. Rasposa.

Abro bien las piernas, consciente de cómo debo verme. Nunca he habitado plenamente mi cuerpo, nunca se sintió como del tipo flexible, o ágil, o atlético o agraciado. Pero ahora mismo este cuerpo se siente muy poderoso. Hasta glorioso.

Brick me hace sentir así.

Y mi necesidad de complacerlo nunca ha sido mayor.

Tomo la cabeza de su miembro en mi boca y lo sostengo allí, acariciando su largo con el puño de arriba a abajo.

Él gruñe.

Luego muevo la cabeza al ritmo de mi mano, siguiendo el movimiento hacia atrás para llevarlo más profundo al volver cuando mi mano viene hacia adelante. Empiezo a crear un ritmo, pero Brick me detiene con un áspero, — ¡Suficiente!

Me salgo de inmediato y miro fijo hacia arriba.

Por un instante creo que quizás hice algo mal, pero luego me doy cuenta de que lo hice bien. Ya estaba cerca y todavía no quiere acabar.

—Acuéstate boca abajo en la cama con los brazos y piernas bien separados.

Me apresuro en hacerle caso. Mi vagina ya está húmeda por tener su miembro en mi boca. Estoy increíblemente excitada por lo que sea que tenga para ofrecer.

Lo escucho caminar cerca de mí.

—Levanta las caderas, —me ordena y pone una almohada debajo de ellas. Mi trasero ahora está levantado en el aire en lo que debe ser una presentación perfecta para las nalgadas.

Pero no me toca. Se toma su tiempo y usa retazos anchos de tiras rojas de satén para atarme las muñecas a la base de la cama y luego los tobillos.

A pesar de estar boca abajo sobre el colchón y no poder ver lo que está haciendo, pone una venda sobre mis ojos. Hace que sea más fácil hundirme en el momento. Escuchar a Brick, no sólo con los oídos sino con todas mis terminaciones nerviosas. Con mis células. Mi ser.

Tiemblo cuando algo infinitamente suave pasa por mi espalda. Quizás tiras suaves de gamuza. ¿Un azotador?

Lo mueve despacio y los extremos rozan mi trasero.

Sip. Un azotador.

Brick empieza lento, calentando mi trasero con un

movimiento en forma de ocho del implemento. No duele para nada.

Sólo se siente fantástico.

Levanto más el trasero. Aumenta la intensidad y comienzo a registrar más del calor. Ahora hay algo de dolor. Pero sigue siendo maravilloso.

Luego me azota justo sobre la parte baja de mi trasero, más fuerte.

Me quedo sin aliento, se me doblan los dedos de los pies, frunzo el trasero.

—No, no. —Toca mi trasero—. ¿Crees que puedes fruncir este trasero y mantenerme alejado? —Separa mis cachetes y siento que cae una cantidad de lubricante frío encima—. ¿A quién le pertenece este trasero? —me pregunta mientras mete un dedo y masajea el anillo tenso de músculos para abrirlo hasta que se afloja un poco—. ¿Hmm?

—A usted, señor.

Mete un segundo dedo. Mi vagina se tensa en el aire. Me duelen los muslos internos, intentan sin suerte cerrar mis piernas.

La sensación de tener sus dedos dentro de mí es tanto erótica como traviesa. Intento relajarme. Rendirme ante su voluntad.

—Qué pena. Deseas tener algo adentro de tu vagina también, ¿no?

—¡Sí! —Grito. Tiene razón. Estoy tironeando para liberarme las muñecas y poder poner una mano entre mis piernas.

—Te diré algo. Veamos cómo te va con el tapón anal y el azotador. Si eres una chica buena, llenaré tu vagina con un vibrador al máximo.

—Ahhh-ah. —Grito y gruño al mismo tiempo. Ya está

jodiendo con mi mente al decirme qué esperar. Sólo imaginarlo me hace llorar por mi descarga—. Por favor, Brick, —trino.

Él desliza sus dedos fuera de mi trasero y los reemplaza con más lubricante y luego el extremo frío y bulboso de un tapón de acero inoxidable. Me tenso ante la sensación.

Brick toma fuerte mi trasero y lo sacude.

—Relaja ese trasero, bebé. Muéstrame que serás mi chica buena.

Por supuesto que tengo que probarlo.

Me relajo y Brick empuja el tapón hacia adelante, rompiendo mi agujero, estirándome más de lo que creí posible. Me quema un poco y me quejo.

—Empuja hacia atrás, —me enseña Brick.

Empujo con mis músculos contra el tapó, lo que me abre más para tomarlo. Otra respiración y pasa la parte más ancha del tapón para sentarse en el cuello. El alivio es instantáneo.

El placer no cesa.

Gimo.

—Ahora ténsate alrededor de eso mientras te azoto, pequeña.

—No respondo a pequeña, —de alguna forma recuerdo responderle.

—¿En serio estás en una posición para ponerte atrevida conmigo ahora mismo? —Baja el azotador sobre mi trasero más fuerte que antes y salto. Sigue golpeándome con él y hace que mi trasero baile mientras él recorre el límite de mucho y no es suficiente. Se detiene y mete y saca el tapón de mi trasero.

—¡Por favor! Gimo.

—¿Necesitas acabar, mi asistente atrevida?

—¡Sí!

Empuja un poco más el tapón y luego prende el pequeño motor de un vibrador.

—¿Esa vagina también necesita algo sobre lo que tensarse?

—¡Sí! —Grito.

Me penetra con el vibrador y lo empuja dentro de mí hasta que la parte para el clítoris se alinea con esa parte sensible de mi anatomía.

Acabo de inmediato y sin advertencia.

Me sorprende lo fuerte que acabo. Todo mi cuerpo se sacude con fuerza y con el vibrador adentro de mí y el tapón anal estirando mi trasero, mi piel caliente por el azotador y todo el largo juego previo de prepararme y esperar y atender a Brick, no parece que sea capaz de detenerme.

Se siente como si me hubieran disparado hasta el núcleo derretido de la tierra y luego vuelvo a catapultar por un volcán.

Sigo acabando cuando Brick quita el vibrador.

—¿Dije que podías acabar, Señorita Evans?

No soy capaz de emitir sonido alguno más que,

—Ahhhh uhhhh.

—¿Dije que podías acabar sin mí?

Jadeo. Parece que el orgasmo ha finalizado y que ahora estoy floja como una muñeca de trapo. Levanto la cabeza y me humedezco los labios con la lengua.

—¿No, señor? —Escucho el ruido de su ropa. Brick se está desnudando.

—No, no lo hice. Eso significa que te lo haré en el trasero esta noche, bebé. Y sin vibrador para llenar esa vagina. —Él saca despacio el tapón anal de mi trasero.

Sé que sólo jugamos, pero estaba tan ida a otro planeta y ahora suena tan enojado que empiezo a caer.

—No, —me quejo—. Me portaré bien.

Pero el cuerpo caluroso de Brick se sube encima del mío para calmarme.

—Sé que lo harás, —susurro contra mi oído. Tapa mi cuerpo con el suyo y desliza una mano debajo de mis caderas para acariciarme el clítoris. Los flujos de mi vagina cubren sus dedos. Empuja dentro de mi canal un par de veces—. Siempre eres buena, —murmura con aprobación; su otra mano acaricia mi seno—. Hasta cuando eres muy mala.

Es tonto, pero es lo que necesitaba escuchar. Necesitaba que me asegurara no estar decepcionado. Que no había hecho nada malo al acabar sin él o antes de que me lo ordenara.

Me desata las muñecas pero deja mis piernas abiertas y atadas y lubrica su miembro.

—Pon tus dedos entre tus piernas y dime qué sientes. —Su voz es grave y rasposa.

Lo obedezco mientras separa bien mis cachetes.

—Me siento... tan mojada.

Empuja la cabeza de su miembro contra mi ano.

—Aján. ¿Y qué más? —Presiona hacia adelante y se desliza con facilidad ahora que me ha estirado el tapón anal.

—Ahhhh-ehhh. —Gimo—. Resbaladiza.

Me alimenta con su miembro, centímetro a centímetro.

Tengo que esforzarme por respirar y relajarme.

—E hinchada. Me siento tan hinchada allí abajo.

—Y tan tensa aquí atrás. —Brick comienza a moverse dentro de mí, con cuidado de ser delicado. Sé que se está conteniendo porque suele ser mucho más bruto, golpeando con sus caderas cuando empuja y empuja profundo y fuerte.

Después de acostumbrarme, se empieza a sentir maravilloso. Hundo tres dedos en mi vagina, luego cuatro. Nunca antes me sentí tan mojada y receptiva.

Brick me lo hace en el trasero y me froto con mis dedos. Es tan intenso.

—¿Puedo... puedo? —Ruego.

—Espera. —Suena a que Brick está jadeando. Debe estar cerca. Busca debajo de mis caderas, sus dedos se enroscan con los míos para meterse dentro de mi vagina—. Ahora, Madi.

Ambos acabamos. Brick se mueve dos veces más y se descarga en mi trasero. Acabo alrededor de nuestros dedos entrelazados.

En la euforia siguiente, me parece increíble que todos los días y todas las noches con Brick sólo sigan mejorando cada vez más.

Capítulo cuatro

M *adi*
        Después de «practicar» para mi gran placer toda la semana, llega la noche de nuestra actuación.

El club Crespúsculo es un edificio aburrido y gris en Chelsea. Nuestro chofer, Tony, estaciona, pero antes de que pueda salir a abrirnos la puerta, Brick sale disparado. Mira hacia un lado y otro de la vereda; luce grande e intimidante en su traje oscuro. Dejo que se tome su tiempo para oler a algún depredador y admiro la figura hermosa que tiene.

La luna ilumina su cabello y lo vuelve plateado. Sus ojos brillan, pero luego pestañea y vuelven a la normalidad, al azul humano.

Un segundo coche llega detrás de nosotros y Billy y Sully salen de él. Cierran las puertas simultáneamente de un golpe y se acercan a nosotros caminando al mismo ritmo. Hasta se arremangan a la vez. Contengo una sonrisa. Ahora no es el momento de señalar lo coreografiados que se ven sus movimientos. Están demasiado tensos.

Hablan en secreto en la acera. Casi les grito, *¿no se están olvidando de alguien? ¿De mí?* pero me muerdo la lengua.

Están super tensos por lo de esta noche, y por supuesto que así es. Técnicamente estamos en territorio enemigo. Pero después de una conversación con Ruby y todo el trabajo de preparación, estoy más intrigada que otra cosa.

Finalmente, Brick viene a ayudarme a bajar. Es un total caballero, pero siento lo tenso que está su brazo.

Y estamos cerca de la luna llena. ¿Thaddeus habrá escogido esta fecha a propósito, sabiendo que sería más probable que Brick perdiera el control?

Por lo que sé de vampiros, este tipo de maniobras tramposas es justamente lo que harían.

Ahora también estoy tenso.

Mientras subimos las escaleras hasta la puerta simple, practico lo que acordamos con Brick.

—Lo *mantendremos simple,* —decidió. Me dará algunas órdenes, y actuaré como la sumisa perfecta. Me pondrá sobre un banco para darme nalgadas sobre mi ropa interior.

Debajo de mi abrigo de cachemira, llevo un vestido. Corto, blanco con acceso fácil. Luzco como un sacrificio virgen. Y ese es el punto.

En el interior hay una recepción con azulejos negros y blancos y una araña por encima. Huele un poco a incienso y se escucha levemente música clásica que sale de un parlante oculto. Podríamos estar llegando a una fiesta en la casa de una celebridad, pero nos recibe una anfitriona con un traje engomado y tacos de quince centímetros. Ella toma nuestros abrigos y nos envía por un pasillo largo lleno de espejos con borde dorado. El pasillo termina en un par de cortinas rojas de terciopelo. Brick se para delante de mí, como para bloquearme. Respira hondo y abre las cortinas. Detrás hay una puerta enorme que luce medieval, hecha de madera y hierro. Parece gruesa, pero vibra con el ruido de la música de club detrás de ella.

Brick se detiene y luego da tres golpes fuertes deliberados.

—Aquí vamos, —murmura Billy.

La puerta se abre de repente y el volumen de la música nos sorprende. Es tan fuerte que me hace rechinar los dientes. Sólo puedo imaginar lo abrumador que debe ser para la audición supersónica de un transformista.

Tomo el brazo de Brick y avanzamos.

Me siento como una inocente de ojos grandes mientras camino por el club. A primera vista, el lugar parece un lugar de recitales como un bar/restaurante con mesas y sillas, ya repleto de gente disfrutando cocteles o una botella de vino. Las mozas llevan trajes blancos de pirata y unos corseletes negros y pasan por las mesas llevando bandejas.

Un hombre que luce atractivo con un esmoquin blanco nos sonríe cuando pasamos y la luz azul resplandece sobre sus caninos elongados.

Vampiro.

Miro para otro lado e intento no pensar en qué hay en su copa roja en realidad.

Detrás de los asientos normales hay formas grandes de muebles extraños. Sillas para nalgadas, un par de cruces de San Andrés y más marcos elaborados hechos de madera brillante y cuero negro o rojo. Las alcobas con cortinas tapan las habitaciones, lugares donde puedes escaparte con tu pareja para tener un momento privado. La mayoría de las cortinas están abiertas y revelan las profundidades de la sala de juegos.

Un par están ocupadas y quiero estirar el cuello para ver qué hacen las parejas o triejas, pero no quiero quedarme viendo. Ya siento que Brick y yo somos la pareja perdida del *Show de Terror de Rocky*.

Billy y Sully nos siguen. Discutí para que no vinieran, pero me dijeron que era importante tener a algunos lobos allí para dar una muestra de fuerza. Intenté que llevaran trajes grandes a juego, pero no entendieron el chiste.

Cando empiece el espectáculo principal, tienen reglas estrictas de retirarse. Odian esto, pero no quería hacer la escena en frente de ellos y Brick estuvo de acuerdo.

La pista de baile en el centro del club está llena de juerguistas, moviéndose en las luces de neón. Bailan alrededor de un escenario elevado de diez por diez que está separado por una soga roja. No hay jaulas colgantes que yo pueda ver y el escenario está vacío. Por ahora.

Hasta nuestro espectáculo.

Por encima del escenario, el techo se abre para mostrar un segundo piso que consiste en un pasillo alrededor de un cuadrado abierto y puertas alineadas a intervalos parejos. Hay una baranda para que la gente se apoye y mire hacia abajo al escenario. O pueden entrar a una de las habitaciones, como en un hotel, y disfrutar en privado.

Al final del club hay un trono dorado gigante sobre una plataforma más alta que el escenario. Hay una multitud de gente a su alrededor, algunos son bailarines mezclados. Sobre el trono hay un hombre musculoso y alto con una piel levemente bronceada. Las luces que lo alumbran hacen que su cabello luzca como un blanco dorado brillante.

Este tiene que ser Thaddeus, el vampiro, único rey de Manhattan.

Se endereza cuando nos acercamos y mira sobre su audiencia vestida de cuero, luego levanta una mano y chasquea los dedos. La música fuerte se baja. La mayoría de los bailarines se alejan de la pista para sentarse y las multitudes se abren para dejar que nos acerquemos al trono. Es evidente que Thaddeus y su grupo nos estaban esperando.

Thaddeus nos llama hacia él.

El pecho de Brick gruñe, su lobo piensa que lo están obligando a acercarse y no le gusta.

A Thaddeus le tiembla el labio y levanta una mano para saludar de forma neutral.

Nos acercamos a la piscina blanca de luces y el calor es sofocante. Hay más luces sobre nosotros que sobre el escenario y me doy cuenta de que en este club, Thaddeus es el actor más importante de todos.

Brick se sube sobre la tarima del trono y me lleva con él. De pie estoy a nivel para mirar al vampiro en el trono a los ojos.

—Alfa y Luna Blackthroat, bienvenidos. —Thaddeus tiene una voz hermosa, profunda y melódica. Hay algo de un meloso acento británico, pero suena fingido. De cerca está claro que no lleva maquillaje. Su piel es así de lisa, sus pestañas así de oscuras. Me hace pensar que su cabello rubio platinado es natural, no teñido.

—Thaddeus. —Brick deja en claro que no está de humor para jugar. Se asoma por encima del hombre extendido sobre el trono, pero a Thaddeus no parece importarle—. Recibimos tu invitación.

—Me siento honrado de que vinieran. —Suena tan sincero, sé que actúa. Ya estamos actuando.

¿Pero no es esa la vida, en los negocios y en la política? Ninguno es nuestro yo real en la oficina o detrás de un podio. Cualquier dejo de autenticidad se compone minuciosamente. Nunca pensé que todo mi tiempo en la sala de reuniones me prepararía para conocer a un vampiro, pero aquí estamos.

—Me moría por conocer a tu nueva Luna. —Thaddeus voltea para mirarme.

Tengo cuidado de no mirarlo a los ojos, lo que es extraño pero necesario, por el poder que tienen los vampiros. Creo que pueden usar la voz para cautivar a la gente, pero por si acaso miro fijo una arruga que tiene en la frente lisa y pico de viuda rubio casi blanco.

—Hola, —digo. Siento la atención de Thaddeus sobre mí. Es halagador, lo intenso de su mirada. Siento la adrenalina y lucho contra esa sensación. No puedo sucumbir ante su encanto.

Además, ya he estado antes alrededor de hombres poderosos. No me asusto fácil, pero tampoco voy a subestimar a nadie.

—Ah, Blackthroat... —ronronea Thaddeus—. Es exquisita.

Brick se queda quito de una forma que significa que su lobo se está preparando para la violencia.

—Estoy aquí mismo, —pongo los ojos en blanco—. Si me darás un cumplido, puedes decírmelo directamente. A menos que sólo intentes molestar a mi prometido.

Un par de personas vestidas de cuero detrás del trono se quedan sin aliento, y luego hay un silencio tenso. A mi lado, Sully se mueve un poco, y sé que se está preparando para saltar frente a mí si el rey vampiro se abalanza sobre mi garganta.

Thaddeus deja salir una risa fuerte. Es tan fuerte como para oírse por encima de la música hasta el otro lado del club, pero también es falsa de algún modo.

—Escuché que tenías carácter. Debería haber sabido que una oveja no corría con lobos.

Un par de personas de su grupo se ríen con él y siento algo de pena y desprecio. Miles de años de vida, ¿y todo lo que tienes es un club de fetiches y un par de secuaces? Sin manada. Sin amigos. Sin pareja.

Este pobre tipo. No me sorprende que tirara de la soga para que bailáramos como títeres. Está aburrido, como dijo Ruby. Todo lo que espera es noche tras noche sentado en un trono falso.

Me inclino hacia Brick y dejo que su calor me dé fuerza. La forma en la que el vampiro sigue todos mis movimientos me recuerda que está en la cima de los depredadores.

—Brick sabía que necesitaba salir una noche. Me fascinó que me contara de este lugar.

—¿En serio? —Thaddeus sabe que lo estoy halagando y no puede evitar disfrutarlo.

—Ah, sí. —Bajo la voz hasta un susurro—. No debería decir esto, pero tienes una cierta reputación... entre las lobas.

Esta vez la risa de Thaddeus es de disfrute real. Probablemente esté más entretenido por las reacciones indignadas de Sully y Billy que por mi comentario, pero lo he sorprendido.

Se endereza en su trono.

—Me encantaría mostrarte más de los encantos de mi humilde club si me dejas. Y me ofrece la mano para que la tome.

Brick me lleva más cerca.

—Nadie más que yo toca a mi prometida.

Otro resoplo.

—Lobos, —me murmura Thaddeus—. Tan territoriales.

—Ambos somos posesivos, —le informo y pongo una mano sobre el pecho de Brick. Thaddeus inclina la cabeza. Hemos dejado en claro nuestra posición.

Nadie se meterá conmigo o con mi prometido esta noche. Si lo hacen, un lobo les arrancará la cabeza.

—Mi prometida quiere experimentar este club al máximo, —anuncia Brick—. Haremos una escena esta noche.

—Encantador. —Dice Thaddeus, como si esto fuera una noticia para él y no algo que orquestó.

Un murmullo recorre la habitación. Puedo sentir que todos nos miran.

—Mis asistentes les mostrarán el camino a bambalinas, así pueden prepararse, —-Thaddeus chasquea los dedos y dos empleados del club con trajes encajados de color violeta con brillos haciendo juego se suben a la tarima—. Comuníquenles cualquier pedido y se les será concedido.

Brick pone una mano sobre mi espalda para guiarme a seguir a los asistentes. Estamos a mitad de camino hacia una puerta trasera pintada de negro para camuflarse con la pared cuando Thaddeus nos llama.

—¿Y Blackthroat? —El rey vampiro está de pie. Las luces han cambiado, se enfriaron, y la figura de Thaddeus ahora genera una sombra alargada que termina a los pies de Brick—. Mucha *merde*.

Suena como una amenaza.

* * *

Capítulo cinco

El detrás de escena termina siendo un camarín equipado con todo lo que podríamos necesitar. Incluyendo una pared de paletas, soga, esposas, y látigos que lucen perversos, todo lo que podría necesitar un amo para jugar con su pareja.

Apoyo mi bolso sobre una mesita ratona y dejo que un asistente tome mi abrigo. Por debajo llevo un vestido blanco de lencería y puntas de ballet color piel. El atuendo es dulce y virginal y contrastará bien con el traje negro de Brick. Un intercambio de poder implícito y tan cercano al CMNF (hombre vestido, chica desnuda) como podemos sin hacer que yo me desnude.

—Al menos dos salidas más, una por este pasillo de atrás. Una por las cocinas, —le informa Sully a Brick.

—Todavía pienso que no deberías hacer esto. —Billy está de brazos cruzados sobre su pecho y se inclina contra el marco de la puerta—. No deberíamos estar cediendo ante esa sanguijuela.

—Ya lo hablamos. —Brick se afloja la corbata y la mete en su bolsillo—. Madi y yo haremos la escena. Lo haremos con nuestros términos, pero la haremos, y entre antes la terminemos, antes podremos irnos.

—Quizás mate a uno o dos de ellos en vez de eso, —gruñe Billy.

—¿Cómo contaríamos eso? —Le pregunto. —Una pelea a muerte, ¿estilo gladiador? Estamos intentando hacer esto sin que corra sangre.

—Podrías simplemente irte, —dice Sully—. Inventar una excusa. —Su voz es baja, por poco por encima de un gruñido. Odia esto tanto como Billy, posiblemente más. Es el jefe de seguridad de la manada, y aquí estamos, el par de alfas, desprotegidos en territorio hostil. Esta es su peor pesadilla.

—Haremos lo que dijimos que haríamos, —digo—. Thaddeus arregló todo esto para ver cómo actuaríamos. Está mostrando su poder; puede hacer que vengamos y hagamos lo que pide. Le estamos mostrando que estamos dispuestos a jugar con él, dentro de ciertos límites. Somos estables, cuerdos y podemos negociar. Y esto lo pondrá en deuda con nosotros. En una lucha de poder, será más probable que esté de nuestro lado que con una manada enemiga.

—A menos que nos esté engañando, —dice Sully—. ¿Y si filma su escena y los amenaza con filtrarla?

—No haría eso, —dice Brick—. Que se filtrara implicaría que la privacidad de sus miembros está comprometida.

—¿Y si se la muestra a otro alfa? Como Aiden Adalwulf, —pregunta Billy.

—Entonces verán que tengo el control y estoy enamorado. —El rostro de Brick está serio, sus ojos remotos—. Ahora váyanse. Mi pareja y yo necesitamos un momento a solas.

Billy y Sully se van sin decir otra palabra.

—Esto es mi culpa, —dice—. Si no hubiera luchado tanto contra el destino, nunca me hubiera vuelto lunático. Thaddeus sabe que casi perdí el control. Lo está haciendo para ver si soy digno.

—¿Digno de liderar a tu manada? —Estoy lista para recordarle que ya ha probado por demás que es un alfa digno, y además, es la opinión de su manada la que importa, no la de un vampiro. Pero él niega con la cabeza.

—Digno de ti. —Levanta una gran mano y toca las puntas de los dedos un mechón de mi cabeza de forma casual—. Thaddeus anhela volver a sentir. Soy una criatura paranormal como él y ahora estoy entera y públicamente enamorado.

—El brillo feroz de sus ojos me quita el aliento.

—La luna llena, —digo—. ¿Perderás el control?

—No. —Baja la mirada hacia la mía y mi piel cosquillea en la zona donde me dio la mordida de apareamiento—. Mi lobo y yo estamos de acuerdo. Haremos esta escena y te mantendremos a salvo.

—De hecho estoy ansiosa por esto. —Miro a Brick y

pongo ambas manos sobre su pecho. Sus músculos se sienten pesados debajo de mis palmas. Es poderoso de todas las formas posibles.

Y es mío. *Todo mío.*

—¿Lo estás? —Brick levanta las cejas.

—Será divertido. Y Thaddeus se comportará. —Ahora que he conocido al vampiro, siento como si el análisis de Ruby sobre él hubiera sido el correcto. Thaddeus está aburrido pero tiene un código de honor.

—Ciertamente lo halagaste lo suficiente.

¿Brick está celoso?

Desabrocho un sólo botón de su camisa y abro lento. Lo desarreglo un poquito para darle ese aspecto de «jefe después de hora». *Mmm.*

—No te preocupes. Sigues siendo el chico más grande y malo del lugar.

Él gruñe algo y me levanto en puntas de pie para besarlo. Inclina la cabeza para darme un beso en los labios, pero todavía parece distraído.

Desearía poder ayudarlo a relajarse. Estamos a punto de actuar en público y el destino de nuestro territorio se basa en nuestro rendimiento. Necesito que se concentre.

Hay una forma que conozco para provocarlo. Es arriesgada, pero creo que puedo caminar por la cuerda floja.

—Sabes... —sigo arreglándolo, acomodando su camisa, pero hago que mi tono sea más reflexivo—. No me dijiste que el rey de los vampiros sería tan sensual.

—¿Qué? —Las cejas de Brick se juntan de inmediato y su gruñido vibra debajo de mis manos.

Ah sí, ahora está concentrado.

Estoy engañando al lobo, pero técnicamente no miento. Sería capaz de notarlo. Sí creo que Thaddeus es atractivo como un avión de combate o un cuchillo filoso puede ser hermoso.

—Sólo quería ser honesta con esto. Era del equipo Edward, no Jacob.

Brick se queda quieto un momento. Sus ojos brillan con un dorado rojizo, y sé que está intentando controlar a su lobo.

Cuando se mueve, es tan rápido que no logro verlo. Pasa su mano por mi cabello y tira de mi cabeza hacia atrás. Su cabeza desciende y toma mis labios con un beso ardiente. Su lengua se mueve por mi boca, reclama, domina. Cuando termina, mi cabeza está nadando y mis pezones me duelen.

Sus ojos siguen brillantes cuando levanta la cabeza.

—No sé quiénes son esos bobos, pero para cuando acabe la noche, el único nombre que recordarás es el mío.

Capítulo cinco

Madi

El detrás de escena termina siendo un camarín equipado con todo lo que podríamos necesitar. Incluyendo una pared de paletas, soga, esposas, y látigos que lucen perversos, todo lo que podría necesitar un amo para jugar con su pareja.

Apoyo mi bolso sobre una mesita ratona y dejo que un asistente tome mi abrigo. Por debajo llevo un vestido blanco de lencería y puntas de ballet color piel. El atuendo es dulce y virginal y contrastará bien con el traje negro de Brick. Un intercambio de poder implícito y tan cercano al CMNF (hombre vestido, chica desnuda) como podemos sin hacer que yo me desnude.

—Al menos dos salidas más, una por este pasillo de atrás. Una por las cocinas, —le informa Sully a Brick.

—Todavía pienso que no deberías hacer esto. —Billy está de brazos cruzados sobre su pecho y se inclina contra el marco de la puerta—. No deberíamos estar cediendo ante esa sanguijuela.

—Ya lo hablamos. —Brick se afloja la corbata y la mete en su bolsillo—. Madi y yo haremos la escena. Lo haremos con nuestros términos, pero la haremos, y entre antes la terminemos, antes podremos irnos.

—Quizás mate a uno o dos de ellos en vez de eso, —gruñe Billy.

—¿Cómo contaríamos eso? —Le pregunto. —Una pelea a muerte, ¿estilo gladiador? Estamos intentando hacer esto sin que corra sangre.

—Podrías simplemente irte, —dice Sully—. Inventar una excusa. —Su voz es baja, por poco por encima de un gruñido. Odia esto tanto como Billy, posiblemente más. Es el jefe de seguridad de la manada, y aquí estamos, el par de alfas, desprotegidos en territorio hostil. Esta es su peor pesadilla.

—Haremos lo que dijimos que haríamos, —digo—. Thaddeus arregló todo esto para ver cómo actuaríamos. Está mostrando su poder; puede hacer que vengamos y hagamos lo que pide. Le estamos mostrando que estamos dispuestos a jugar con él, dentro de ciertos límites. Somos estables, cuerdos y podemos negociar. Y esto lo pondrá en deuda con nosotros. En una lucha de poder, será más probable que esté de nuestro lado que con una manada enemiga.

—A menos que nos esté engañando, —dice Sully—. ¿Y si filma su escena y los amenaza con filtrarla?

—No haría eso, —dice Brick—. Que se filtrara implicaría que la privacidad de sus miembros está comprometida.

—¿Y si se la muestra a otro alfa? Como Aiden Adalwulf, —pregunta Billy.

—Entonces verán que tengo el control y estoy enamorado. —El rostro de Brick está serio, sus ojos remotos—. Ahora váyanse. Mi pareja y yo necesitamos un momento a solas.

Billy y Sully se van sin decir otra palabra.

—Esto es mi culpa, —dice—. Si no hubiera luchado tanto contra el destino, nunca me hubiera vuelto lunático. Thaddeus sabe que casi perdí el control. Lo está haciendo para ver si soy digno.

—¿Digno de liderar a tu manada? —Estoy lista para recordarle que ya ha probado por demás que es un alfa digno, y además, es la opinión de su manada la que importa, no la de un vampiro. Pero él niega con la cabeza.

—Digno de ti. —Levanta una gran mano y toca las puntas de los dedos un mechón de mi cabeza de forma casual—. Thaddeus anhela volver a sentir. Soy una criatura paranormal como él y ahora estoy entera y públicamente enamorado.

—El brillo feroz de sus ojos me quita el aliento.

—La luna llena, —digo—. ¿Perderás el control?

—No. —Baja la mirada hacia la mía y mi piel cosquillea en la zona donde me dio la mordida de apareamiento—. Mi lobo y yo estamos de acuerdo. Haremos esta escena y te mantendremos a salvo.

—De hecho estoy ansiosa por esto. —Miro a Brick y pongo ambas manos sobre su pecho. Sus músculos se sienten pesados debajo de mis palmas. Es poderoso de todas las formas posibles.

Y es mío. *Todo mío.*

—¿Lo estás? —Brick levanta las cejas.

—Será divertido. Y Thaddeus se comportará. —Ahora que he conocido al vampiro, siento como si el análisis de Ruby sobre él hubiera sido el correcto. Thaddeus está aburrido pero tiene un código de honor.

—Ciertamente lo halagaste lo suficiente.

¿Brick está celoso?

Desabrocho un sólo botón de su camisa y abro lento. Lo

desarreglo un poquito para darle ese aspecto de «jefe después de hora». *Mmm.*

—No te preocupes. Sigues siendo el chico más grande y malo del lugar.

Él gruñe algo y me levanto en puntas de pie para besarlo. Inclina la cabeza para darme un beso en los labios, pero todavía parece distraído.

Desearía poder ayudarlo a relajarse. Estamos a punto de actuar en público y el destino de nuestro territorio se basa en nuestro rendimiento. Necesito que se concentre.

Hay una forma que conozco para provocarlo. Es arriesgada, pero creo que puedo caminar por la cuerda floja.

—Sabes... —sigo arreglándolo, acomodando su camisa, pero hago que mi tono sea más reflexivo—. No me dijiste que el rey de los vampiros sería tan sensual.

—¿Qué? —Las cejas de Brick se juntan de inmediato y su gruñido vibra debajo de mis manos.

Ah sí, ahora está concentrado.

Estoy engañando al lobo, pero técnicamente no miento. Sería capaz de notarlo. Sí creo que Thaddeus es atractivo como un avión de combate o un cuchillo filoso puede ser hermoso.

—Sólo quería ser honesta con esto. Era del equipo Edward, no Jacob.

Brick se queda quieto un momento. Sus ojos brillan con un dorado rojizo, y sé que está intentando controlar a su lobo.

Cuando se mueve, es tan rápido que no logro verlo. Pasa su mano por mi cabello y tira de mi cabeza hacia atrás. Su cabeza desciende y toma mis labios con un beso ardiente. Su lengua se mueve por mi boca, reclama, domina. Cuando termina, mi cabeza está nadando y mis pezones me duelen.

Sus ojos siguen brillantes cuando levanta la cabeza.

—No sé quiénes son esos bobos, pero para cuando acabe la noche, el único nombre que recordarás es el mío.

Capítulo seis

B *rick*
　　Me paro en el centro del pequeño escenario con las luces alumbrándome fuerte. Todo en este lugar parece estar pensado para ser demasiado fuerte, demasiado brillante, demasiado estridente. A las sanguijuelas les encanta ser insufribles, aunque tienen los mismos sentidos aumentados que los transformistas. Quizás después de un par de décadas manejando el club, Thaddeus sea inmune a los excesos.

Sentados alrededor del escenario están los juerguistas del club. Hay un murmullo bajo como si la audiencia esperara que empezara la orquesta. Los ignoro a todos.

La gente de Thaddeus preparó el escenario como lo pedí, con un escritorio vacío y una silla de oficina como nuestra única utilería. Pensé que Madi y yo podríamos recrear nuestro encuentro de oficina. Jugar con un poco de dominancia, apaciguar al rey, e irnos a casa.

Llega tarde. La dejé en el camarín después de decirme que necesitaba unos momentos para refrescarse y que debería esperarla. Pero debería haber estado aquí afuera hace diez minutos.

Mi lobo quiere correr hacia allí atrás y asegurarse de que esté bien. Pero me mantengo calmado, miro a Billy que está junto a la puerta. Sé que él tiene una visión completa de Sully, quien está comunicándose con Madi.

Ni bien salga, se irán y la escena comenzará y terminaremos de una vez por todas con esta maldita farsa.

Puedo sentir los ojos de la sanguijuela principal sobre mí. Lo que le dije a Madi era verdad, Thaddeus quiere ponerme a prueba, ver si puedo mantener el control, pero también tiene curiosidad. ¿Cómo es encontrar a tu pareja destinada? ¿Qué tipo de humana se enamoraría de un monstruo?

Me doy cuenta de que está impresionado con Madi. Impresionado e intrigado. Como debería estarlo. Puede seguir fascinado todo lo que quiera mientras mantenga las manos alejadas.

Un murmullo en la multitud me hace regresar la atención de regreso a la habitación. Al final del pasillo, Billy se endereza. Luce sorprendido. Luego, me vuelve a mirar y me dedica un saludo alegre.

Frunzo el ceño. Alguien está tramando algo.

Luego aparece Madi y todo el mundo se desmorona.

Camina con la cabeza erguida y el mentón levantado como una supermodelo en una pasarela. Mueve las caderas con confianza y seducción. Está conquistando al público.

Y se ha cambiado la ropa. Ya no tiene un vestido blanco modesto como acordamos. O bien empacó un cambio de ropa o hizo que los asistentes encontraran todo un atuendo nuevo. Un vestido rojo de sirena que acentúa sus curvas y un par de tacones que le agregan unos centímetros de altura. El vestido es corto y sensual. Lo más provocador de todo es el corte profundo que tiene en el frente que muestra la hinchazón de sus pechos.

Volvieron las ventanas.

Todo el club parece contener la respiración. La audiencia está en silencio, como si una diosa hubiera descendido entre ellos y si respiraran mal, los fuera a aplastar.

Thaddeus está sonriendo. Si él participó de este cambio de vestuario, tendrá suerte de que no le arranque los ojos antes de que mi lobo se devore su corazón cuando todavía esté latiendo. Es posible que sólo esté entretenido por mi reacción y que no haya tenido nada que ver con la pequeña rebelión de Madi y todo con el hecho de que los vampiros tienen una «expresión natural de imbéciles».

De cualquier forma, quiero matarlo.

Pero no estoy aquí por eso.

Miro a Madi mientras camina hacia el escenario. Automáticamente le ofrezco la mano para ayudarla a subir. Ella también se ha vuelto a maquillar. Sus ojos tienen un dejo pícaro y gatuno. Sus labios son rojos oscuros.

Es asombrosa, y por un momento, sólo puedo ofrecerle la mano y maravillarme de que sea mía.

Ella nota el escritorio y la silla detrás de mí y sonríe. Está lista. La atmósfera se vuelve embriagadora con el aroma de su humedad secreta.

La traigo cerca y gruño, —Estás en grandes problemas, pequeña.

La escena ha comenzado.

Le mostraré a ella, y a todos los que están aquí, que me pertenece.

Capítulo siete

M*adi*

Miro hacia arriba a Brick y su voz grave me da escalofríos. Me encanta el escenario; no actuaría con Aubrey y mi banda si no fuera así, pero nunca tuve una oportunidad de actuar así y es emocionante. Estoy canalizando fuerte a mi niña interna de teatro.

Pero no suena a que Brick esté actuando. Esto suena real.

—¿Quién, yo? —ronroneo.

Él me suelta la mano y da la vuelta a mi alrededor.

—¿Ves algo que te guste? —Le pregunto. Siento su mirada recorriéndome. Tengo cosquillas en la espalda.

—Te dije que no te pongas esos vestidos.

Apoyo una mano junto a mi escote.

—¿Esta cosa vieja? —Dejo que mi cabeza se caiga hacia atrás mientras acaricio la piel desnuda entre mi escote—. Está bien dentro de las reglas de vestimenta. Según RRHH.

—Pero no para mí. —Su gruñido hace que mi cuerpo vibre. Está justo detrás de mí, respirándome en el cuello—. Desobedeciste una orden directa.

Me lamo los labios.

—¿Qué hará al respecto? ¿Señor?

—Esta insubordinación ya se ha extendido demasiado tiempo. —Toma la silla y la aleja del escritorio—. Has sido una chica mala y tu trasero lo pagará. —Él toma mi brazo y me gira tan rápido que no sé qué sucede hasta que termino encima del escritorio, con la mejilla y las palmas contra la madera. Él me acomoda con una mano firme pero gentil.

Estoy tan excitada que duele.

Sus palmas tocan mi trasero y sé que está planeando en darme nalgadas por encima de la ropa. No tiene idea de qué tipo de bragas llevo, si llevo alguna. Mi cambio de vestuario lo descolocó, y su descontento es real.

Justo como lo sospechaba.

Me estiro hacia atrás con ambas manos y tiro del vestido ajustado, dejo que la tela se deslice por encima de mis caderas. Llevo un traje ajustado. Es un traje de baño enterizo modesto, pero de un beige pálido parecido a mi tono de piel, así que da la ilusión de que estoy con el trasero desnudo ante cualquier espectador que no esté cerca.

Encima de mí, Brick respira fuerte.

—Ahora estás en grandes problemas. —Se para cerca y apoya una mano sobre mi espalda. Su pene roza mi parte posterior—. Te mostraré quién es el jefe.

Brick

Me paro por encima de mi pareja y me permito un momento para disfrutar la vista de ella apoyada con el trasero al aire. Sus piernas derechas con tacones le dan un par de centímetros adicionales que empujan su trasero hacia arriba. Y la forma en la que su vestido se desliza, revelando su piel de un centímetro a la vez... quiero arrancarle el vestido y devorarla.

Al carajo con la audiencia. Al carajo con este espectáculo para Thaddeus. Quiero estar metido hasta las bolas dentro de mi pareja. Se lo haré hasta que su vestido esté hecho pedazos y ella esté inerte y luego destaparé su hombro y la volveré a marcar de nuevo. Mis colmillos ya están resbaladizos y listos, y mi lobo está de acuerdo.

Pongo una mano firme sobre su cuello y la sostengo en el lugar. A ella le encanta que la inmovilice y quiero hacerla sentir mi dominancia.

Su cabello está cubriendo su rostro, pero veo una pequeña curva en sus labios. Está disfrutándolo.

Dejo que mi mano libre choque contra su trasero. Un gemido sale de los labios de Madi, y ella se apresura en sostenerse del escritorio. Le vuelvo a dar otra nalgada, igual de fuerte, y dejo que sienta algo de mi descontento. Ella planeó esto Me engañó en el camarín y luego se puso el vestido para hacerme llegar a mi límite. Y funcionó; me hizo concentrarme en el juego en el que estamos. No en la política entre vampiros-transformistas, sino en el juego entre nosotros.

Sin mediar palabra, me ha recordado lo único que importa. Nuestra pasión. Nuestro amor.

El club y la audiencia desaparecen. Bien podríamos ser sólo dos personas en el mundo ahora mismo. No me importa el escenario o nadie más allá del círculo que forman las luces.

El aroma de Madi florece entre nosotros, listo y preparado. Le daré a mi pareja lo que necesita y más.

Mis primeros golpes fueron una advertencia. Ahora le doy golpes cuidadosos a su piel y me aseguro de cubrir cada centímetro de su exquisito trasero. Su traje ajustado color piel cubre su seo, pero debe lucir obsceno para quien sea que lo mire, y por eso trato de dejar roja cualquier parte expuesta de piel.

Termino de calentar y vuelvo a darle nalgadas lo suficientemente fuertes como para que me pique la mano. Sus nalgas tienen manchas rosas. Dejo caer una mano con más fuerza y ella se queja y deja salir un gemido rasposo. Pero no cambia de posición o da señales de que necesite un descanso. Sus ojos se cierran.

Un par de minutos de nalgadas y estará en otro plano. Mi pecho se hincha por saber que confía tanto en mí, que incluso aquí, en un territorio inseguro, puede dejarse ir.

—Te encanta provocar, ¿no es así? —Acentúo mis palabras con un golpe que hace eco en un lugar sensible justo debajo de su nalga derecha—. Te paseas por aquí con esos vestidos ajustados. Completamente inadecuados para un lugar de trabajo. —El lado derecho de su trasero está rojo, así que me concentro en el izquierdo—. Me tientas. ¿Quién está a cargo por aquí, pequeña?

—Usted. —Su voz está entrecortada y es deliciosa. Golpeo el centro de su trasero tan fuerte que ella se mueve hacia adelante con sus tacones—. No te escucho.

—Usted, señor, —grita.

—Así es. —La rodeo y tomo parte de su cabello con mi puño, llevando su cabeza hacia atrás de a poco, con gentileza—. ¿Y quién hace las reglas?

—Usted. —Sus labios se separan y quiero besarla. Pero todavía no.

—Así es. Te enseñaré esta lección tantas veces como sea necesario. Ahora agradéceme por tu castigo.

—Gracias, señor.

—Esa es una buena chica. —Mi voz es tan rasposa que bien podría ser un gruñido. Tomo la curva de su nalga derecha y la aprieto; ella tiembla con placer. Mi miembro está hinchado en mis pantalones y cuando toca su cadera, tengo que rechinar los dientes contra la necesidad de acabar. De empujar hacia su centro caliente y húmedo.

Más tarde. La tomaré más tarde cuando estemos solos.

Sus párpados están pesados. Ella se lame los labios y contengo un gruñido propio. Estiro la mano y presiono dos dedos sobre su suave labio inferior. Ella lo abre de inmediato para mí y hundo mis dedos en la cueva caliente y húmeda de su boca.

—Eso es, bebé. Muéstrame cómo me darías placer. —Su lengua rodea mi dedo. Mi miembro está tan hinchado que no me puedo mover. Sólo puedo meterle los dedos más adentro—. Eso es, llévame profundo. Sé que puedes hacerlo. Toma lo que te doy. —Ella ronronea alrededor de mis dedos y los saco antes de perder el control—. Bien, bebé. —Me siento en la silla y me muevo detrás de ella. Su trasero es una obra de arte, lujoso y rojo, un durazno mullido listo para que lo abra. Me inclino hacia adelante y siento su aroma. Quiero morderla. Pero tomo su trasero, hundo los dedos en la piel castigada hasta que gime. Ella se arquea hacia atrás y empuja contra mis palmas—. Ah mierda, eres tan perfecta para mí.

—Deme nalgadas, —ruega—. Castígueme. Por favor, señor.

—Ah, lo haré. —Deslizo dos dedos junto al borde de su traje ajustado. Ella se pone de puntas de pie con un suspiro agudo—. Te provocaré como me lo has estado haciendo a mí. A ver cómo te gusta.

La tela está empapada. Gruño y acomodo mi cuerpo para que mis hombros tapen la vista de todos. Nadie puede ver la excitación de mi pareja. Nadie más que yo.

—¿Te gustó tu castigo? —Pregunto en voz baja.

—Sí, señor. —Ella inhala mientras mis dedos exploran.

—Te gusta cuando estoy a cargo. Lo anhelas.

Ella se balancea sobre sus tacones, alejándose de mis caricias. Le doy una nalgada y la pongo de nuevo en posición.

—Respóndeme.

—Sí, señor. Es tan rico.

—Ven aquí. —Tomo sus caderas con fuerza y la giro para que me mire; la pongo sobre mi regazo en un movimiento rápido. Está sentada a horcajadas; su centro húmedo está justo sobre mi miembro. Con un grito, ella se empuja hacia sus rodillas. La dejo acomodarse, luego la obligo a volver a bajar, así se frota sobre mi regazo. Bajo su vestido por su trasero para que esté un poco más tapada. Nadie puede ver cómo su humedad está empapando el frente de mis pantalones, pero pueden imaginarlo.

Muevo la cadera, frotando mi miembro junto a su hendidura apenas cubierta. Ella tiembla en mis brazos. Su rostro está ruborizado, sus párpados pesados. Se muerde el labio y se mece contra mí.

Tomo su cabello y traigo su boca hacia abajo hasta la mía. Nuestras lenguas se enredan, pero la mía sobrepasa a la suya y golpea contra ella al ritmo del movimiento hacia arriba de mis caderas.

—Brick, —jadea, y luego sus caderas se sacuden.

* * *

Brick

Acabó recién en mis brazos. Mi miembro se hincha como estuviera a punto de explotar en mis pantalones. Estoy así de cerca de correr su traje ajustado hacia un costado y hacérselo aquí, en frente de todos.

Pero no hay chance de que haga eso frente a una audiencia. Ella es mía, toda mía.

Me levanto y la inclino sobre mi hombro, asegurándome de que su vestido cubra su trasero enrojecido. Lo hace, apenas.

Ella y yo hablaremos después de esto. Ni bien tengamos algo de privacidad.

Giro y miro en dirección al trono, entrecerrando los ojos contra las luces estúpidamente brillantes.

—Suficiente —Le digo a Thaddeus—. Nos vamos.

Thaddeus ya está de pie, aplaudiendo. Algunos de los miembros del club lo siguen, dándonos una ovación de pie. La mayoría están demasiado ocupados usando los bancos para nalgadas y las cruces de San Andrés o simplemente haciéndolo.

Se terminó. El rey de Manhattan está complacido.

Ahora se puede ir a la mierda.

Le doy a Thaddeus mi mirada más asesina y fría y camino hacia la puerta trasera. Desde allí, son unos pocos pasos hasta el camarín y la salida.

Salgo hacia la noche. Billy y Sully están esperando al otro lado de la puerta y prestan atención de inmediato.

—Cómo... —La pregunta de Billy muere en sus labios cuando me ve. Evita mirar el trasero de mi pareja.

—Bien. —Nuestra limusina está justo en el callejón. Abro la puerta trasera, me mato para bajar a Madi de mi hombro y con cuidado la apoyo sobre el asiento. Ella se mete más adentro de la limusina y la sigo, ladrándole a Tony—. Vámonos.

Espero hasta que se suba el divisor antes de mirar a Madi.

—Tú, —es todo lo que puedo gruñir antes de que ella se abalance sobre mí. Termina en mi regazo, otra vez encima de mí. Le quito el vestido por encima y agarro su trasero castigado—. Te lo haré, fuerte. Y luego discutiremos tu cambio de vestuario, Ventanas.

—Sí, sí... —Ella estira la mano hacia abajo para desabrochar mi cinturón. Abro rápido el frente de mis pantalones y le arranco la tela fina del traje ajustado que separa mi miembro de su entrada resbaladiza. Me meto dentro de ella y nuestras frentes se juntan mientras suspiramos al unísono.

—Eres magnífica, —le digo.

—Cállate y házmelo.

Recompenso su insolencia con un golpe en su trasero firme. El golpe juguetón la hace salta hacia arriba antes de hundirse en mí y hacer que mis bolas tengan cosquillas de placer. Me gusta tanto el resultado que vuelvo a darle una nalgada una y otra vez, haciéndola chillar y moverse sobre mí con más fuerza.

—Es «cállate y házmelo, *señor*» —la reto, pero está rebotando hacia arriba y abajo, tan sin aliento que no puede hablar. La dejo trabajar hasta que arquea bastante la espalda, con la boca abierta en un gemido. Su vagina aprieta mi miembro una y otra vez mientras llega al clímax. Se derrite contra mí, rendida, y tomo el control. Me apodero de sus caderas y empujo hacia arriba, chocando contra ella hasta que llego a mi propio clímax. Su cuello está desnudo frente a mí y beso su piel perlada, lamiendo su aroma. Dejo que mis colmillos rocen sobre su pulso descontrolado y ella tiembla, acaba de nuevo.

—Madi, —grito, y me dejo ir, tomando con fuerza a mi pareja como si fuera mi lugar seguro en la tormenta.

* * *

Madi

Brick y yo terminamos en un enredo de extremidades en la parte trasera de la limusina. El aire es caluroso y húmedo, está empapado del aroma a haber hecho el amor.

La parte inferior de mi vestido y traje ajustado está destrozado. Qué bueno que tengo un presupuesto ilimitado para mi guardarropa. Una cosa sobre la que nadie me advirtió es que hacerlo con un alfa significaría que mi ropa muchas veces no sobreviviría.

Brick sigue besándome y deja mi piel roja por su boca insaciable y su barba rasposa. Me duele el trasero, de una buena forma. Me inclino hacia él y acaricio su cabello hacia atrás hasta que levanta la cabeza para reclamar mis labios.

Termino el beso con un dedo sobre sus labios.

—El vestido fue una buena idea. Admítelo.

Gruñe, negándose a confirmarlo y negarlo.

—De ahora en más sólo te pondrás esos vestidos para mí.

La limusina chilla al frenar. Estamos a unas cuadras de la Calle de los Billonarios, en una calle estrecha de una sola mano. No hay nadie alrededor.

—¿Dónde...?

El lobo de Brick gruñe, grave y bajo. Me daría escalofríos si no lo hubiera escuchado antes. Sus ojos brillan y está mirando fijo por la ventana.

Frente a la limusina, enmarcado por edificios oscuros e iluminado por la super luna, hay una figura de pelo brillante.

Thaddeus.

—¿Qué está haciendo aquí? —Pregunto.

Está caminando lentamente hacia el parachoques delantero. La luz de la luna acaricia su mejilla curvada.

—Me encargaré de esto. —Brick va hacia la puerta y tomo su brazo.

—Espera. —No confío en esto. Cuando Thaddeus

estaba recostado sobre su trono falso, parecía bobo, pero afuera en las calles luce más grande que nada. Peligroso—. Está tramando algo.

—Hicimos todo lo que pidió. No puede reclamarnos nada. Es hora de dejar en claro que soy su igual y no su títere. Puedo ser un aliado poderoso o un enemigo mortal.

Pero espera, con mi mano en sus bíceps, hasta que estoy de acuerdo. Contengo mi protesta y me obligo a asentir. Quería que fuéramos un equipo y lo somos. Ahora tengo que confiar en que él sea el alfa que es.

—Ten cuidado.

—Siempre. —Brick levanta mi mano hacia su boca y besa mi palma—. No haré nada que comprometa tu seguridad. O la de la manada.

Me deslizo de nuevo hacia las profundidades del asiento y encuentro la chaqueta del traje de Brick para cubrirme. Tengo el corazón en la garganta y me está ahogando.

Brick sale del coche y entra una bienvenida ráfaga de aire fresco; cierra con cuidado la puerta. Mientras camina para enfrentarse con el rey vampiro, me doy cuenta de que Thaddeus es casi tan alto y grande como Brick.

Cuando Brick se acerca, Thaddeus empieza a aplaudir.

—Bravo, alfa. —Su tono condescendiente me pone los pelos de punta.

A Brick no parece importarle. Por lo que veo en su rostro, no tiene expresión alguna.

—¿Qué quieres?

—Sólo ofrecerte mis felicitaciones. Esta será una noche para recordar.

—Terminamos nuestra parte. Ya cumplimos con nuestra parte del trato.

—Estoy de acuerdo. Quería decirte que has devuelto el favor. Por completo.

—Genial. Buena charla. —Brick voltea para irse.

—Una cosa más. Los Adalwulfs están ocupados con su propio golpe alfa. Parece que Odin dejó algunos cabos sueltos para que limpie su sucesor elegido. Tus enemigos no vendrán a buscarte por un tiempo.

Los ojos de Brick se entrecierran hasta ser rayas ámbar.

—¿Cómo lo sabes?

—Me lo dijo un lobito. Pensé que te lo contaría. Considéralo mi regalo de bodas para ti. Me decepcionó saber que no sería invitado a tu ceremonia de apareamiento, pero luego supe que habría humanos allí. Hacen que las fiestas sean tan sosas.

—No todos los humanos.

—Sí, bien, no todos somos tan afortunados de encontrar a quien el destino eligió para nosotros. —Thaddeus voltea la cabeza y suspira de forma dramática. Pero algo en eso me hacía moverme hacia el botón para bajar la ventana.

—No pierdas la esperanza tan rápido, —grito.

—Madi, —murmura Brick y camina hacia mí. Me muevo para dejarlo volver a entrar.

—¿Rápido? Han pasado más de mil años, —dice Thaddeus. Da un paso al costado y se funde con las sombras. Sólo su cabello brillante lo delata.

Brick hace una seña y Tony deja que el coche se adelante. Me inclino hacia Brick, queriendo decirle más cosas a Thaddeus, pero Brick me gana.

—El destino puede sorprenderte. Tu pareja puede ser la persona que menos esperes.

—O puedes elegirla, —agrego. Brick me mira y yo sonrío —. ¿Qué? Es verdad.

—Gracias, —Thaddeus inclina la cabeza. Hace que el gesto anticuado luzca majestuoso.

Brick espera subir la ventana antes de maldecir.

—Sanguijuelas.

—Awww, es encantador, —digo—. Qué mal que no conozco a ninguna masoquista. Alguien obsesionada con Drácula.

—No jugarás a la celestina con un rey vampiro.

—¿Esa es una orden?

—Sí. —Se abalanza y termino boca arriba debajo de su gran marco, riendo mientras toma mis muñecas y las pone sobre mi cabeza—. Ahora, ¿dónde estábamos?

Capítulo ocho

Brick
La residencia Berkshire está iluminada con luces colgadas y globos festivos que brillan en la fiesta de compromiso. Ruby y mi mamá lo dejaron todo transformando el lugar.

Hay algo de ansiedad en mi pareja. Madi toma una copa de champaña de las bandejas que pasan y la termina en cinco sorbos.

La lista de invitados incluye a la mayoría de aquellos que estuvieron invitados al Baile de la Fundación de la Familia Blackthroat, la cima de la alta sociedad de Manhattan, tanto lobos como humanos. Gente importante para Moon Co y la manada. También asisten un par de empleados de Madi y colegas de Torrent, incluida Eleanor Harrington, y por supuesto, su madre, hermano y Aubrey. Su padre biológico y sus hermanos insípidos no fueron invitados.

—Guau, bebé. ¿Estás nerviosa?

Ella mueve un poco las extremidades como una luchadora que está por entrar al ring.

—Un poco. Pero puedo hacerlo.

—Espera. —Paso un brazo alrededor de su cintura y traigo su cuerpo cerca del mío. Este evento puede parecerse al baile de caridad, pero esta vez no tengo que fingir que Madi no es más que mi asistente. Esta vez no permitiré que nadie la lastime.

—¿A quién te preocupa impresionar? Ya conquistaste a la manada. —Miro la multitud e intento adivinar qué puede ponerla nerviosa—. Ah. ¿Estás preocupada porque tu madre interactúe con tu abuela?

—Ah, han interactuado, —dice Madi herméticamente—. Eleanor dijo que ella debe estar muy orgullosa de mí y mi mamá dijo, *aléjate de mí, vieja gorda.*

Se me escapa una carcajada.

—Me encanta tu mamá. De ahí sacas tu tenacidad.

Eso le saca una sonrisa a Madi.

—Es bastante malota.

—Es sólo una mezcla extraña de gente. —La mirada de Madi se dirige a Aubrey al otro lado de la habitación—. Quiero pedirle a Aubrey que sea mi Dama de Honor, pero creo que lo odiaría. O sea, ¿quién será tu padrino? ¿Billy? Él la tratará horrible.

—No tengo idea de qué hablas. ¿Qué es un padrino? — Soy bromeo parcialmente. Claro, he escuchado el término Padrino, pero como no es nuestra tradición, sólo tengo una leve idea de lo que significa.

Madi se ríe, y mi lobo se calma con el sonido.

—¿No sabes lo que es un padrino?

—¿Es como un segundo al mando?

La sonrisa de Madi crece aún más.

—Sí. Pero sólo para la boda. Y luego le pides a todo tu círculo cercano que sean los testigos. —Madi se tapa la boca con la mano con una sorpresa exagerada—. Ay por Dios, acabo de darme cuenta de que mi boda está siendo planeada por transformistas que no tienen ni idea de cómo funcionan estas tradiciones.

—Bueno, podemos seguir la corriente. ¿Pero significa algo? Quiero decir, ¿qué hacen?

—Todo. —Madison me mira con ojos abiertos y serios. Creo que está tomándome el pelo, pero no puedo estar seguro. De cualquier forma me aseguraré de que mi equipo cumpla con todas las expectativas.

—Ve a pedirle a Aubrey que sea tu Dama de Honor. Me aseguraré de que Billy sea un total caballero y de que esté completamente a su disposición.

—Odiará eso.

—Lo hará porque eres su luna. Ahora ve, corazón. Quiero que solucionemos esto para que puedas relajarte.

Madi ya luce más feliz. Se levanta en puntas de pie.

—Bueno. —Me da un beso dulce—. No puedo esperar a ser la Sra. Evans.

Levanto una ceja.

—¿Disculpa?

—Blackthroat-Evans. —Me guiña un ojo y se va rápidamente.

* * *

Billy
Sostengo una copa de la champaña más fina que el dinero puede comprar, pero su aroma delicado se ve arruinado por la cacofonía de olores que me rodean y me hacen llorar los ojos: humanos con su perfume, colonia, desodorante, y un dejo de agua de rosas que tiene a mi lobo de los pelos.

Las fiestas de compromiso son un ridículo invento humano. ¿Qué pasa con la ceremonia de apareamiento?

Un lobo reclama a su pareja en privado con una mordida. Podrían encontrarse y aparearse en una única noche. No hay un cortejo largo y estirado. En una ceremonia simple de apareamiento, podrían correr juntos debajo de la luna llena, siendo serenados por los aullidos de su manada. Luego se pondrían a trabajar haciendo cachorros.

Para aquellos que pertenecen a la realeza de la manada, como Brick, suele haber una ceremonia de apareamiento. Una oportunidad para que las familias transformistas reales se mezclen y conozcan. A menudo, miembros de manadas vecinas son invitados. Es un evento político más que algo para la nueva pareja.

Pero este asunto tiene humanos detrás. El hecho de que Madi no sea una loba hace que todo sea más complicado. Ya están planeando una boda extravagante. No sé por qué la ceremonia de apareamiento tuvo que convertirse en una *fiesta de compromiso*.

Esta fiesta de compromiso de Brick y Madison en Berkshires parece sólo ser la primera de muchas. Un anuncio de que Brick ha puesto una roca del tamaño de New Hampshire en el dedo de su antigua secretaria y de que tiene planes de casarse con ella. Como si ya no la hubiera marcado de por vida.

No me importaría un carajo si no fuera porque Madi no es la única humana en el lugar. En la tierra sagrada de la manada. Su madre está aquí. Y hermano. Su amiga, la antigua asistente de Brick, Indira. Su abuela, la heredera de Torrent Cosmetics, y todo su grupo.

Y, por supuesto, su antigua compañera de piso, la chica del café, Aubrey.

Todos aquí, mezclándose con la manada, como si un apareamiento, un casamiento, de un lobo alfa con una humana fuera aceptable.

Debo admitir que la mansión nunca lució mejor. El salón de baile brilla, y hasta dejaron las puertas traseras abiertas para que entre el aire de invierno. Limpiaron la nieve del gran patio trasero y hay calefacción por todo el lugar para los delicados cuerpos de los humanos. Que el destino no permita que les llegue una brisa invernal y se congelen.

Catherine Adalwulf está aquí, ella ayudó a Ruby a planear todo esto. Sigo acostumbrándome a que ella sea un miembro de nuestra manada. Todo ha sido perdonado, a pesar del hecho de que asesinó a nuestro alfa.

O tuvo algo que ver.

Se presume que la muerte de su hermano terminó con cualquier unión mágica que tuvieran con ella.

Escuché que insistió en pagar por toda la fiesta con sus fondos personales. Es su forma de enmendar la fractura de su familia.

No soy el único que no la ha recibido con los brazos abiertos. Es claro que Liz y Dane todavía la resienten.

No importa si ella y Ruby son las coanfitrionas de esta fiesta para mostrar un frente unido en recibir a los humanos en nuestro círculo. Ella es Adalwulf. No se puede reemplazar lo que los Adalwulfs nos quitaron. Nada estará bien hasta que exterminamos a esa malvada manada de la faz de la tierra.

Deberíamos estar planeando su muerte. Pero estamos aquí parados, bebiendo champaña y comiendo pequeños aperitivos que apenas calman mi hambre rugiente. Malditas *crudités*.

Una de las invitadas de Madi es vegetariana, la chica del

café seguramente, así que hay toda una bandeja entera de comida de ardilla. Me pregunto cómo reaccionarían los humanos si dejara salir a mi lobo, trajera una presa, y me la devorara aquí mismo en este lindo patio verde.

A mi lobo le encanta esa idea. Quiere asustar a la chica del café.

La busco en la habitación. Sé que está aquí por ese aroma hermoso. La veo parada cerca de Madi, hablando con Ruby.

Lleva un abrigo dorado que abraza su figura de reloj de arena. Su cuello esbelto es como el de un cisme, su multitud de pequeñas trenzas casi llega a su trasero. Hay un aro plateado en su nariz esta vez, en vez de una argolla dorada.

Me quemaría si tocara mi piel.

Valdría la pena por tocar esos labios. La idea viene y se da rápidamente, me deja enojado.

Brick se me acerca. —Quita esa mala cara.

Formo una expresión neutra. Su mirada se dirige a la Chica del Café.

—A Madi le está costando bastante lograr que su familia y amigos se ajusten a su nueva vida. No hagas que sea más difícil para ella con tu estupidez antihumanos.

—No he echado a nadie, ¿no es así?

—Harás un esfuerzo por hacer que los humanos se sientan bienvenidos aquí este fin de semana.

—Sí, alfa.

—Lo digo en serio.

—Lo sé. —Levanto un poco el mentón para ofrecerle mi garganta como muestra de rendición.

—Escucha, hay algo más que eso.

Me preparo. No me gusta cómo suena eso.

—Necesito que seas mi Padrino.

Ah por el amor de Dios. Estúpidas tradiciones humanas.

—No sé qué significa eso, —digo de forma cortante.

—Bueno, lo averiguarás. Es importante que honremos el lado humano de mi pareja. Seguir esta tradición la hará sentir más cómoda y es un precio bajo que pagar.

Hay un sabor amargo en mi boca.

—Aubrey, la mejor amiga de Madi, será su Dama de Honor. Esa es la parte que acompaña a tu posición. Necesito que seas más que amable con ella. Los dos estarán a cargo de la boda.

—¿Qué?

Brick debe estar demente si piensa que puedo estar a cargo de una boda.

—No planearla, Ruby y mi mamá están haciendo eso. Pero del evento real. No lo sé, tienen papeles importantes en la ceremonia y evento que requieren que trabajen juntos. Necesito saber que la tratarás con tanto honor como tratarías a mi pareja. O a tu propia pareja, yendo al caso.

Algo de equiparar a Aubrey con mi propia pareja hace que se me pongan los pelos de los brazos de punta.

Miro y veo que Madi está hablando con Aubrey. Las dos me miran a mí. Aubrey me ve mirarla y sus ojos se estrechan. Se frota la nariz con el dedo del medio.

Muy maduro. La necesidad de ponerla sobre algo y mostrarle lo que les pasa a las humanas rebeldes que anhelan nalgadas hace que mi miembro se ensanche en mis pantalones.

Brick inclina la cabeza en dirección a Madi y a su irritante amiga.

—Empieza ahora.

Mierda. Por qué a mí.

Parece que acabo de convertirme en un cuidador de humanos. Qué afortunado.

—Haré lo que desees, —gruño, y me alejo de su lado, directo a mi perdición.

Libro Gratis - La virgin y el vampiro

Quiere un libro gratis de Renee Rose y Lee Savino? Suscríbete a su newsletter para recibir **La virgin y el vampiro** y otro contenido especialmente bonificado y noticias de nuevos. https://BookHip.com/XJPQQXK

Libro Gratis de Renee Rose

Quiere un libro gratis de Renee Rose? Suscríbete a mi newsletter para recibir **Padre de la mafia** y otro contenido especialmente bonificado y noticias de nuevos. https://BookHip.com/NCVKLK

Otros Libros de Renee Rose

Hombres lobo de Wall Street
Un Gran Jefe Malvado: Medianoche

Un Gran Jefe Malvado: Lunático

Un Gran Jefe Malvado: Marcada

Un Gran Jefe Malvado: Su pareja

Vegas Clandestina
Rey de diamantes

Padre de la mafia

Sota de picas

As de corazones

El comodín del Loco

Su reina de tréboles

La mano del muerto

El comodín

Rancho Wolf
Áspero

Salvaje

Feroz

Rudo

Indomable

Implacable

Héroe
Rebelde
Guerrero

Otros libros de Lee Savino

Conoce a la autora

RENÉE ROSE, LA AUTORA BESTSELLER EN USA TODAY, ama los héroes dominantes, ¡los machos alfa que saben hablar sucio! Ha vendido más de un millón de copias de tórridas novelas románticas con diferentes niveles de sexo no convencional. Sus libros han sido presentados en el Happily Ever After de USA Today y en Popsugar. Nombrada en el Eroticon de los Estados Unidos como la Próxima Autora Erótica Top en 2013, ha ganado también como Autora Preferida en Ciencia Ficción y Antología Valiente y Atrevida y con la mejor novela romántica histórica en The Romance Reviews. Figuró catorce veces en la lista de USA Today con su serie Rancho Wolf y varias antologías.

**Suscríbete a mi newsletter para recibir contenido especialmente bonificado y noticias de nuevos lanzamientos en Español.

https://www.subscribepage.com/reneerose_es

 facebook.com/reneeroseromance

 x.com/reneeroseauthor

 instagram.com/reneeroseromance

Conoce a la autora

Lee Savino tiene objetivos grandiosos, pero la mayoría de los días no encuentra ni su cartera ni sus llaves, así que se queda en casa y escribe.

Mientras estudiaba escritura creativa en la Universidad de Hollins, su primer manuscrito ganó el premio Hollins de Ficción.

Lee vive en Estados Unidos, con su increíble familia.

Puedes conectar con ella en su sitio web, su grupo de lectores, y sus redes sociales.